Les Éditions du Boréal
4447, rue Saint-Denis
Montréal (Québec) H2J 2L2
www.editionsboreal.qc.ca

RAPIDE-DANSEUR

ŒUVRES DE LOUISE DESJARDINS

Rouges chaudes, suivi de *Journal du Népal*, poésie, Éditions du Noroît, 1983.

Les Verbes seuls, poésie, Éditions du Noroît, 1985.

La Catastrophe (en collaboration avec Élise Turcotte), poésie, Éditions de la NBJ, 1985 ; *La Nouvelle Catastrophe*, Éditions du Silence, 2007 (nouvelle édition).

Petite Sensation, poésie, Estérel, 1985.

La Minutie de l'araignée, poésie, Éditions de la NBJ, 1987.

La 2ᵉ Avenue, poésie, Éditions du Noroît, 1990 ; *La 2ᵉ Avenue* précédé de *Petite Sensation, La Minutie de l'araignée, Le Marché de l'amour*, L'Hexagone, 1995 (nouvelle édition).

Le Désert des mots, poésie, Le Buisson Ardent, 1991.

La Love, roman, Leméac, 1993 ; coll. « Bibliothèque québécoise », 2000 (nouvelle édition).

Poèmes faxés (en collaboration avec Jean-Paul Daoust et Mona Latif-Ghattas), poésie, Écrits des Forges, 1994.

Darling, roman, Leméac, 1998.

Pauline Julien. La Vie à mort, biographie, Leméac, 1999.

Cœurs braisés, nouvelles, Boréal, 2001.

Ni vu ni connu, poésie, La courte échelle, 2002.

Silencieux Lassos, poésie, Écrits des Forges, 2004.

Momo et Loulou (en collaboration avec Mona Latif-Ghattas), récit, Éditions du remue-ménage, 2004.

So long, roman, Boréal, 2005.

Le Fils du Che, roman, Boréal, 2008.

Les Silences, poésies, Éditions du Silence, 2008.

Nos saisons (avec Jeanne-Mance Delisle, Louis Hamelin et Margot Lemire), poésie, Éditions du Quartz, 2011.

Louise Desjardins

RAPIDE-DANSEUR

roman

Pour Noëlline,
cette histoire d'ici
et du nord,
pour tous les recommencements !
Bonne lecture !
Louise Desjardins
24 mai 2013
à La Sarre
Et merci pour tout, chère Noëlline !.

Boréal

© Les Éditions du Boréal 2012
Dépôt légal : 4ᵉ trimestre 2012
Bibliothèque et Archives nationales du Québec

Diffusion au Canada : Dimedia
Diffusion et distribution en Europe : Volumen

*Catalogage avant publication de Bibliothèque et Archives nationales du Québec
et Bibliothèque et Archives Canada*

Desjardins, Louise, 1943-

    Rapide-Danseur

    ISBN 978-2-7646-2182-0

    I. Titre.

PS8557.E782R36   2012   C843'.54   C2012-941100-0
PS9557.E782R36   2012

ISBN PAPIER 978-2-7646-2182-0
ISBN PDF 978-2-7646-3182-9
ISBN ePUB 978-2-7646-4182-8

*La mort ne doit en aucune façon redresser
l'image que nous avons d'un homme.*

THOMAS BERNHARD, *Extinction*

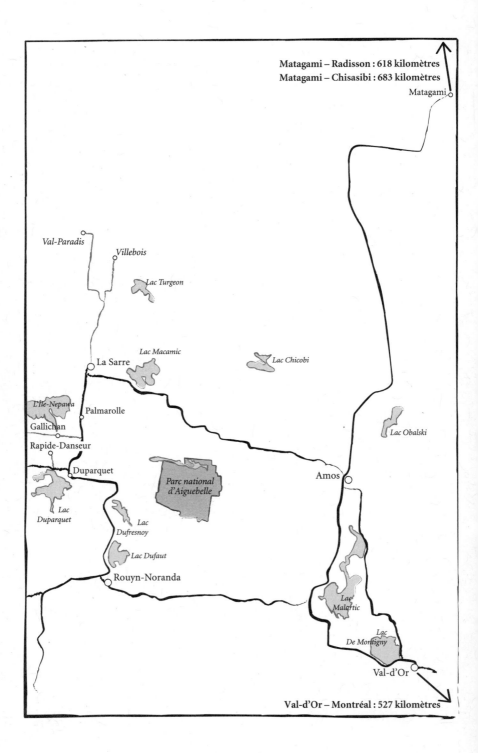

Matagami – Radisson : 618 kilomètres
Matagami – Chisasibi : 683 kilomètres
Matagami

Val-Paradis
Villebois
Lac Turgeon

Lac Macamic
Lac Chicobi
La Sarre

L'Île-Nepawa
Palmarolle
Gallichan
Lac Obalski
Rapide-Danseur
Duparquet

Parc national
d'Aiguebelle
Amos

Lac
Duparquet
Lac
Dufresnoy

Lac Dufaut
Rouyn-Noranda

Lac
Malartic

Lac
De Montigny
Val-d'Or

Val-d'Or – Montréal : 527 kilomètres

CHAPITRE 1

Un champ dénudé attend la neige devant la rangée d'épinettes noires. Le grand ciel gris, ma seule clôture. Ray fait sa bannique, le pain de ses ancêtres, en bas dans la cuisine. Moi qui croyais avoir trouvé mon nid, enfin, dans la maison que tante Magdelaine m'a léguée, voici que tout se met à déraper. Ma mère est morte la nuit dernière, mon frère Ernest vient de me l'apprendre. Un accident d'auto vers minuit, elle a percuté un arbre près de chez elle à Montréal. Je ne sais pas encore si j'irai à ses non-funérailles, elle a écrit dans son testament qu'elle ne veut aucune cérémonie, aucun rassemblement. C'est ce que mon frère m'a dit d'une voix absente en ajoutant qu'il nous faudra vider la grande maison de la rue Darling, notre maison « familiale ». Si tu pouvais venir me donner un coup de main. Long silence de ma part. Je n'ai pas mis les pieds dans cette maison depuis que j'ai décampé, il y a deux ans, et j'ai un haut-le-cœur juste à l'idée de farfouiller dans les tiroirs de ma mère. Je n'ai pas osé demander à mon frère si elle s'était sui- cidée, il a dû penser à ça lui aussi. J'ai raccroché en disant que j'allais réfléchir et le rappeler. J'avais presque oublié que ma mère existait. J'ai rompu avec elle, avec mon frère Ernest, avec mon fils Alex, avec moi-même. Ma mère était déjà morte en moi et voilà qu'elle ressuscite en mourant.

Ray s'est réveillé très tôt, comme tous les matins. Je lui ai dit que je ne descendrais pas tout de suite, que je voulais lire, c'est une habitude que j'ai prise petite pour ne pas me lever en même temps que les autres. On était tous bougons chez nous le matin, ça faisait des étincelles, une chose que je n'arrivais pas à surmonter. Tant qu'à tourbillonner de rage à l'intérieur, je préférais m'abstenir, attendre que tout le monde ait mangé ses toasts.

Et puis, quoi faire d'autre que de lire au lit quand on ne dort pas et que notre amoureux s'affaire dans la cuisine ? J'ai piqué un livre dans la bibliothèque de tante Magdelaine (ma tante lisait beaucoup, de tout, même des recueils de poésie, tout était cordé sur les murs de sa chambre), le titre m'a attirée : *Chaque jour est un adieu.* Je me suis arrêtée à la première page, peut-être parce que l'auteur y parle d'une maison, raconte l'histoire d'une famille qui se disperse. Comme la mienne s'est dispersée. C'est ce à quoi je pensais quand le téléphone a sonné. Avant que Ray décroche, j'ai eu le temps de lire cette phrase : « Maintenant il faut que je fasse une pause. » Ray a crié, C'est pour toi, Angel ! Je sais pas qui t'appelle de si bonne heure.

C'était Ernest au bout du fil, mon frère à qui je n'avais pas parlé depuis plus de deux ans, avant que je fuie en Abitibi. En entendant sa voix traînante, j'ai pensé, Comment m'a-t-il trouvée ?

J'hésite à descendre dans la cuisine. Ray voudra qu'on aille à Montréal, ce serait naturel pour lui. Même s'il n'est pas très famille, la mère, c'est sacré. La grand-mère aussi, sa *koukoume*, comme il l'appelle. Si sa mère mourait, il ferait n'importe quoi pour se rendre à ses funérailles, même si nous habitons maintenant à plus de mille kilomètres de Chisasibi. Pour lui, la mort est dans la vie. Pas pour moi. La mort de ma mère est dans la mort de celle que j'ai essayé en vain de tuer, de tout mon cœur. D'étouffer peut-être. Tout est si calme ici, je n'ai pas la force de remuer les cendres de qui que ce soit, surtout pas celles de ma mère. Il me faudrait reprendre à zéro cette histoire de fuite et d'abandon. Est-ce normal de chasser notre mère de toutes nos pensées ?

Depuis mon arrivée en Abitibi, en novembre 2002, il s'en est passé, des choses, plus que dans mes trente-deux premières années à Montréal. Ma mère ne faisait déjà plus partie de ma vie, mon père ne cessait de me hanter, mon père mort pour de vrai quelques mois plus tôt, au printemps 2002. J'aimais bien mon père, mais quelque temps avant sa mort nous nous étions éloignés. Très malade, il avait décidé de se débarrasser de ses enfants-adultes. Ça nous avait ulcérés, mon frère et moi, et je lui en avais beaucoup voulu. Je me suis quand même rapprochée de lui un peu avant qu'il meure, mais c'est en revenant sur les lieux de son enfance que j'ai vraiment réussi à faire la paix avec tout ça. Comme en homéopathie, une petite dose de poison pour soigner un empoisonnement. J'ai pensé refaire ma vie dans le pays qu'il avait quitté. Mais une vie ne se refait pas, pas plus qu'un gâteau ne se refait. Il faut la faire, sa vie, tout simplement, pas la re-faire, et c'est loin d'être évident quand on naît à trente-deux ans.

Ma mère s'est tuée à sept cents kilomètres d'ici. Je ne peux pas me l'imaginer dans un cercueil, elle qui court toujours et n'arrête pas de parler. Sa voix me revient tout à coup, mais son visage reste flou, sans doute le résultat d'efforts incroyables pour l'oblitérer chaque fois qu'il surgissait dans mon souvenir. Ses sourcils perpétuellement froncés, c'est tout ce qui me revient. Si j'ai tant de rides, c'est à cause de toi, disait-elle. Tu m'empoisonnes l'existence avec ta nonchalance. Tu es inapte. Sa voix d'aluminium martèle encore mes tempes.

Maintenant qu'elle est morte, tout ce qui était tapi dans mon ventre, dans mon sang, se met à remuer. Le travail d'enfouissement devient caduc, impossible de faire comme si rien ne s'était passé avant que j'aboutisse ici, à Rapide-Danseur, un village perdu à la frontière du Québec et de l'Ontario, à cheval sur la rivière Duparquet. Par moments, je me sens si loin, si encoconnée avec Ray, que tout s'atténue, que le passé n'existe plus, que le reste du monde ne peut m'atteindre. Quand ça tourne trop dans ma tête, je me love dans mon lit avec le chat qui a survécu à Magdelaine, et c'est ainsi que je parviens à mieux respirer, à desserrer ma gorge, à vivre avec Ray, mon homme du Nord et des bois, la seule personne au monde qui semble ne pas me trouver trop inapte.

J'ai mis beaucoup de temps et d'énergie à

convaincre Ray de déménager dans la maison de tante Magdelaine. Elle écrivait son nom à l'ancienne, avec un *g* et un *a.* Ça attire l'attention sur les formulaires, disait-elle. Coquetterie de famille, mon père aussi écrivait bizarrement son prénom, Raoûl, en le chapeautant d'un accent circonflexe. Tante Magdelaine est morte l'été dernier à la suite d'une chute dans sa cuisine. Je n'ai jamais tant pleuré de ma vie, et pourtant je l'ai connue quelques mois seulement. Personne ne s'y attendait, elle était en pleine forme. Une voisine l'a trouvée après quelques jours, et c'est le notaire qui m'a appris sa mort au téléphone. Il a ajouté, Elle s'est fracturé le crâne en faisant un pouding aux framboises. Elle avait fait un testament, qu'on a déniché dans son petit meuble au fond de la cuisine. Pendant que le notaire parlait, j'ai revu ce tiroir plein de factures, de recettes, de listes d'épicerie, de réclames de pizzerias qui ne livraient même pas dans son rang. Puis j'ai entendu cette phrase bien articulée au bout du fil, Elle vous lègue sa maison. J'ai répondu, Je ne sais pas pourquoi elle m'a laissé cet héritage. Le notaire a dit, Vous n'avez pas le choix, c'est écrit noir sur blanc dans son testament.

Ray n'a pas pu m'accompagner à ses funérailles, il est resté à Chisasibi, où je vivais avec lui depuis plus d'un an. Il ne voulait pas quitter son grand fils en vacances pour quelques jours, et j'ai dû quêter une place dans un car de touristes pour venir enterrer Magdelaine à Rapide-Danseur. Plus de mille kilomètres d'autobus entre Radisson et Amos, un long voyage d'une traite, rectiligne. Des vieux s'époumonaient à chanter *La Dame en bleu,* un crime de lèse-majesté sur cette route où le silence aurait dû squatter tout l'espace.

Le lendemain, Lucie, ma seule amie dans la vie, est venue me chercher à l'Amosphère (c'est ainsi que ça se prononce, le *t* n'est pas escamoté, c'est le nom de cet hôtel d'Amos). J'étais heureuse de la retrouver : même si on s'écrit des tonnes de courriels, ce n'est jamais comme de se parler en chair et en os. Ses cheveux frisés ont beaucoup blanchi, je le lui ai fait remarquer. Mais non, ils sont blancs depuis longtemps, mes cheveux, j'ai arrêté de les colorer, c'est tout, m'a-t-elle répondu en me faisant un clin d'œil derrière ses lunettes carrées. Tout le temps qu'a duré le voyage entre Amos et Rapide-Danseur, presque deux heures, tante Magdelaine a été notre seul sujet de conversation. C'était la plus courageuse, a dit Lucie, et ses tartes au sucre étaient les meilleures. J'ai ajouté, Elle était bien seule aussi, personne à Val-Paradis n'a compris pourquoi elle était allée vivre avec une femme à Rapide-Danseur. C'est pour ça que je la trouve courageuse, a poursuivi Lucie. Elle a écouté son cœur, son grand cœur, et s'est fichée du reste. En arrivant dans la cour de Magdelaine, nous avons été accueillies par une symphonie de grillons. Le chat dormait, imperturbable tache d'encre noire dans l'escalier de la véranda. Il a fallu le tasser pour entrer, il s'est à peine réveillé.

Dans la cuisine brûlante, des sandales bâillaient près du seuil de la porte, comme si tante Magdelaine s'était absentée pour quelques minutes seulement. Son tablier à carreaux rouges et blancs pendait de travers sur une chaise. La tasse à mesurer, pleine de farine, attendait sur le comptoir près d'un livre de recettes ouvert à la page *Pouding aux framboises*. Il n'en fallait pas davantage pour que je pleure, moi qui ne pleure jamais. L'odeur du sucre, l'odeur des desserts qu'elle faisait avec amour mais qu'elle ne mangeait pas. Les gâteaux sont des cadeaux, disait-elle. Lucie a tenté désespérément de me calmer, Arrête, Angèle, tu vas t'épuiser. Rien à faire, je n'arrivais pas à contrôler mes larmes. Était-ce la perte de ma tante qui m'émouvait tant, ou la peur de continuer à vivre sans elle? Je ne saurais pas encore le dire. J'avais vécu dans cette maison quelques mois seulement avant de déménager avec Ray à Chisasibi, mais les souvenirs de cette période heureuse avec ma tante me submergeaient.

Aujourd'hui, dans cette même cuisine, je n'ai plus de larmes. C'est étrange, ne pas avoir de larmes pour sa mère qui vient de mourir, une mère plus que parfaite. Je n'arrive pas à comprendre. Tout remonte, je déroule mon histoire, non pas pour l'expliquer (je n'ai rien à expliquer), mais parce que j'ai besoin d'une vue d'ensemble. Les bribes de ma vie m'arrivent en spirale sans queue ni tête. Ce doit être ça, la tête qui tourne, un certain ordre dans le désordre.

À la mort de tante Magdelaine, l'été dernier, c'était la première fois que je revoyais Lucie. Je croyais avoir perdu mon amie, ma seule amie, après l'incident de Noël 2002. Je ne peux pas tout raconter en même temps, tout se bouscule, mon père qui est mort au printemps 2002, ma tante qui est morte l'été dernier, ma mère qui vient de mourir, mon fils que je ne vois plus depuis deux ans, toutes ces morts, tous ces abandons, toutes ces trahisons. À propos de ce Noël d'il y a deux ans, je peux dire que c'est ce jour-là que Ray et moi on s'est rencontrés pour la première fois.

Je n'ai jamais su comment me faire des amies, même à l'école. J'ai toujours pensé que c'était un art, une chose merveilleuse qui n'appartenait qu'aux autres. Maintenant, je ne pourrais pas me passer de Lucie, bien que je n'aime pas toujours ce qu'elle dit et que je la trouve un peu moralisatrice. Ma mère aurait dit « bourgeoise ». Lucie pose des questions, elle veut tout comprendre et elle me bouscule dans mes certitudes. Elle a une grande qualité : elle m'écoute pour de vrai, même si elle n'est pas d'accord avec moi, et elle ne s'étonne de rien. Elle est cool. Un peu comme tante Magdelaine l'était. Ma mère est un paquet de nerfs. *Était,* j'oublie de parler d'elle au passé. Je l'entends me dire ce que je ne veux pas entendre. Grouille-toi, fais quelque chose !

Un matin du printemps 2003, quelque temps après ma vraie rencontre amoureuse avec Ray, j'ai reçu un courriel de Lucie. Il y avait eu un froid entre nous parce que Ray, avait-elle dit, était allé trop vite avec moi, qu'il avait sauté des étapes. Elle avait bien réfléchi à tout cela, m'assurait que la vie était la vie et l'amour, l'amour. Donne-moi de tes nouvelles, c'est tout ce qui compte, avait-elle écrit avant de signer, Ton amie, Lucie. Depuis ce temps, nos messages se croisent dans la nébuleuse Yahoo. Lucie me raconte sa vie d'artiste photographe et, de mon côté, je lui parle de nous, Ray et moi, de notre train-train à Chisasibi, de mon travail de réceptionniste dans un hôtel de Radisson, de mon retour à la vie lente à Rapide-Danseur. Je suis si bien ici, avec Ray, que je me sens parfois coupable de quelque chose, de ce bonheur volé. Lucie trouve que Ray me donne ce qu'il a toujours refusé à son ex, qu'il n'y a pas de coupable. Il n'y a que la vie et ses méandres qui nous filent entre les doigts, c'est ce qu'elle a précisé.

Lucie et moi sommes restées plusieurs minutes dans les bras l'une de l'autre près de la cuisine de tante Magdelaine, et je n'arrivais pas à me calmer. Patiente, Lucie a attendu la fin de ma crise pour se dégager en disant, Il faut vivre, Angèle, Magdelaine aimait la vie, tu dois l'aimer comme elle l'aimait, c'est pour ça qu'elle t'a donné sa maison, pour que tu reprennes ton souffle. Il faut parler d'elle, il faut parler des morts qu'on a aimés, plus on parle d'eux, plus longtemps ils continuent à vivre. C'est ma façon de voir l'éternité.

Sacrée Lucie, toujours là au moment crucial. C'est elle qui m'avait emmenée chez tante Magdelaine, il y a deux ans, quand j'ai abouti en Abitibi après m'être enfuie de Montréal. Je l'avais rencontrée par hasard, dans des circonstances difficiles, sur la route de La Sarre, ça aussi, je me le rappelle souvent. Une seule amie, ce n'est pas beaucoup, mais c'est bien mieux que pas d'amie du tout, comme c'était le cas les trente-deux premières années de ma vie.

Toujours debout devant la porte de la cuisine, je reniflais, incapable d'entrer tout à fait dans la maison, comme si j'avais été sur le seuil d'une cathédrale. Lucie, en s'éloignant de moi, a fini par me dire, Ah! et puis, reste là et pleure tout ce que tu as à pleurer, je vais faire un peu le tour, j'ai le goût de revoir les choses de Magdelaine. Elle a ouvert toutes les portes d'armoire et celle du frigo. Tiens, il y a des framboises.

Pourtant, même toute petite, je n'avais pas de larmes. Angèle a la couenne dure, disait ma mère, ma dure mère que je n'ai jamais vue pleurer, même pas à la mort de mon père. Et j'ai pensé que mon fils Alex n'a jamais pleuré lui non plus, sauf quand il était bébé, bien entendu. Au bout d'un certain temps, Lucie est revenue et m'a entouré les épaules. J'ai repris mon souffle et j'ai fini par m'asseoir.

Lucie s'est attablée devant la recette de pouding aux framboises. Et ton fils, m'a-t-elle demandé, en as-tu des nouvelles? La question est partie comme si elle avait lu à voix haute un ingrédient de la recette. Non, il ne sait même pas où je suis, il ne sait pas où j'en suis. J'aime penser qu'il va bien, qu'il se guérit de moi, qu'il mène une bonne vie avec son père. Je ne te l'ai pas dit, Lucie, mais j'ai failli avoir un bébé. Tu t'es fait avorter? Non, j'ai fait une fausse couche, mais je pense que je l'aurais gardé même si Ray ne voulait pas d'un enfant. Tu es folle? a dit Lucie. Ray a déjà son grand Brian à Chisasibi et son petit Philémon à Val-Paradis, il a déjà deux enfants dont il ne s'occupe pas. Et toi, tu as déjà un fils dont tu ne t'es presque jamais occupée, que tu as abandonné. Ce n'est pas un abandon, Lucie, je l'ai libéré. Quand je me suis aperçue que j'étais enceinte, j'ai eu des flashes, c'est tout, des petits flashes qui me disaient que

18

je pourrais me racheter, comme… Tu rêves en couleurs, Angèle. C'est fini, Lucie, tu t'énerves pour rien. Il n'y aura plus de bébés, jamais. Viens, on va le faire, ce pouding aux framboises que Magdelaine avait commencé, a dit Lucie.

J'étais paralysée, j'ai laissé mon amie sortir les framboises du frigo, des petites framboises des bois que Magdelaine avait sans doute cueillies dans son sentier derrière la bordure d'épinettes. Lucie les a étalées au fond du moule, doucement pour ne pas qu'elles se brisent. Elles étaient charnues, un peu molles, et saignaient sur le bout de ses doigts. Lucie a trouvé tout ce qu'il fallait pour la pâte, qu'elle a battue et ensuite étendue sur les petits fruits. L'odeur des framboises s'est répandue dans la cuisine, comme un parfum d'amour au fond des bois, capiteux et tendre à la fois, qui m'a rappelé Magdelaine.

Pendant que le pouding cuisait, nous sommes sorties faire un tour dans les bois derrière la maison. Le soleil s'était voilé, quelques nuages vagabondaient dans le ciel incertain. Il pleurera, a dit Lucie. Je n'ai pas relevé son lapsus. Nous nous sommes engagées dans le fameux sentier de Magdelaine, « son » sentier, où j'ai connu Ray. Les sapins et les bouleaux étaient immobiles, le ciel s'est encore assombri, et les mouches noires qui s'énervaient autour de nos visages nous ont fait rebrousser chemin. Quand nous sommes sorties du sentier, la pluie s'en est mêlée, et nous avons couru vers la maison.

En rentrant, nous nous sommes empiffrées du pouding encore chaud, comme dans une intime cérémonie d'adieu, une sorte de communion silencieuse. Il n'était que cinq heures de l'après-midi, mais on aurait dit qu'il était dix heures du soir tant il faisait sombre. Un orage carabiné a éclaté. On aurait dit un déluge qui allait tout emporter, et Lucie est revenue sur le sujet du bébé que je n'avais pas eu. J'ai rétorqué, Ça va, j'ai trop parlé. Arrête de crier, c'est ce que Lucie a dit en s'excusant. Je ne pensais pas avoir crié. Ma mère criait toujours et quand on lui disait de parler moins fort elle répliquait, Je ne crie pas.

En enlevant quelques miettes sur la nappe de plastique à carreaux rouges et blancs, j'ai commencé à dire tout ce qui me passait par la tête, des choses sans doute que je lui avais déjà racontées, mais c'était plus fort que moi, j'avais besoin, un peu comme ce matin en apprenant la mort de ma mère, de remuer ma vie, de la touiller comme une salade, de la battre. Lucie, quand tu m'as emmenée ici il y a deux ans, Magdelaine ne me connaissait presque pas ; elle ignorait que j'avais abandonné mon ado, que j'avais vécu de l'aide sociale. Personne ne lui avait dit que son propre frère, mon père, était décédé. Oui, je me rappelle. Elle a tant pleuré quand tu lui as annoncé la nouvelle. C'est incroyable, ignorer que son frère est mort, a commenté Lucie. C'est inimaginable !

Rien n'est inimaginable dans notre famille. Mon père avait coupé les ponts avec sa sœur, il avait fini par céder au mépris qu'entretenait ma mère pour les Michon. Gang de quétaines bizarres, elle disait. Tante Magdelaine était la cible préférée de ma mère. Quand elle partait la litanie, on en avait pour de longues minutes. Juste bonne à faire la coiffeuse, disait-elle. Sa seule originalité, c'est le *g* et le *a* de son nom. Je suis sûre qu'elle a trafiqué son certificat de naissance. Comme toi, Raoûl, et ton accent circonflexe sur le *u*. Quelle hurluberlue, la Magdelaine! (Ma mère prononçait son nom en appuyant sur le *g* et en faisant une longue diphtongue, *Maguedela-ï-ne*, pour se moquer.) Elle poursuivait son monologue, intarissable. Cette idée, aussi, de s'improviser coiffeuse! Elle n'y connaît rien, elle fait ce métier seulement pour avoir une cour, une basse-cour autour d'elle. Comme votre grand-mère Michon qui avait peur de rester toute seule, elle cuisine chaque jour au cas où elle aurait de la visite. Qu'est-ce que t'en sais? disait mon père, tu ne l'as presque pas connue, ma mère, tu es allée chez elle une seule fois, il y a très longtemps, avant qu'on se marie. Voyons, Raoûl, pas besoin d'un grand cours de psycho pour détecter cette folie-là. De la bouffe, c'est tout ce qu'elle savait faire, la grand-mère Michon. Toujours dans l'attente, comme si elle habitait sur une île. Ma mère prenait plaisir à énumérer ses plats comme dans une chanson à répondre : les gâteaux aux fruits six semaines avant Noël, la galette pour la fête des Rois, la tarte à la citrouille à l'Halloween, le jambon à l'ananas à Pâques, alouette. Ah, arrête de parler contre ma mère, rouspétait Raoûl, tu me tapes sur les nerfs. Je ne parle pas de tes parents, moi, parce que tu les as effacés de ta vie, que tu ne vas jamais les voir, que tu ne sais même pas s'ils sont morts. Stop, Raoûl, j'ai mes raisons, coupait ma mère. Et elle repartait la moulinette, au sujet de mon grand-père, cette fois. Ah, lui, le vieux Michon, un fainéant total, menteur sur les bords, il dit qu'il va à la pêche au brochet, mais je le soupçonne de pêcher des petites sirènes. Misère !

À la fin, mon père se taisait. Peine perdue, il ne servait à rien de défendre sa mère, son père, sa sœur Magdelaine. Familles, je vous hais, marmonnait-il en prenant son journal, et il disparaissait dans son bureau, laissant ma mère continuer seule sa diatribe. Elle a fini par avoir gain de cause. Mon père a de plus en plus espacé ses visites à Val-Paradis, où habitait sa famille. Il ne s'est même pas déplacé à la mort de ma grand-mère Michon, que je n'ai pas connue parce que la seule fois où j'ai accompagné mon père à Val-Paradis, elle était déjà décédée, dans un grave accident.

Lucie m'écoutait religieusement, il était très tard, la pluie avait cessé depuis longtemps, on entendait les grillons à travers les moustiquaires. J'étais fatiguée de mon long voyage, je n'avais plus envie de parler, j'ai dit à Lucie que je montais me coucher. J'ai dormi, dormi, et le lendemain matin, quand je suis descendue déjeuner, Lucie m'avait laissé un mot. Tu as rendez-vous chez le notaire à La Sarre à deux heures. Je suis sortie acheter deux, trois choses au dépanneur, je reviens.

CHAPITRE 2

Ray me crie, Qui c'était au téléphone? Ah, quelqu'un que tu ne connais pas, je te raconterai tout à l'heure. Descends tout de suite, pendant que la bannique est encore chaude. Non, Ray, je me sens fatiguée, j'essaie de me rendormir. Comme tu veux, Angel, comme tu veux. C'est bien Ray, ça. Pas nerveux, toujours accommodant. La sagesse incarnée. Comment fait-il pour me supporter?

Il neigeote, une petite couche de neige collera peut-être au sol cette fois. L'hiver hésite encore à mordre, mais les nuages sont bas et charbonneux. Ma mère est morte, j'ai le goût de dire « enfin », mais je sais que ça ne convient pas, c'est ce qui m'empêche de descendre. Quand je lui annoncerai la mort de ma mère, Ray s'étonnera sans doute du fait que je ne pleure pas. Je ne peux pas pleurer, je n'ai pas de peine.

Je me demande si Alex arrive à pleurer la mort de sa grand-mère. Sait-il qu'elle est morte? Je peux difficilement m'imaginer ce qu'Alex ressent. Ma mère n'en avait que pour lui, son petit-fils bien-aimé. Elle me l'a ravi dès sa naissance. Mère célibataire d'à peine dix-huit ans, j'habitais encore chez mes parents, dans cette grande et belle maison de la rue Darling, quand j'ai accouché. Ma mère nous a ramenés avec elle, le bébé et moi, tout naturellement, comme s'il n'y avait eu aucune autre possibilité. Elle avait tout orchestré, tout planifié à sa manière, et je n'ai pas pensé un seul instant m'objecter à ses volontés (si commodes pour moi, au fond). Elle avait deviné que j'étais enceinte au tout début, avant même que j'en sois absolument certaine. Dis donc, Angèle, il y a longtemps que tu n'as pas eu tes règles, il me semble, et puis on dirait que tu as pris du poids. Tu peux me le dire, si tu penses que tu vas avoir un bébé, sois bien à l'aise, ce ne serait pas une catastrophe, on s'arrangerait. Alors j'ai dit oui, je pense que oui. C'est qui, le père? C'est ton professeur d'espagnol? Miguel López? Je m'en doutais bien. On va tout arranger, mais promets-moi de ne plus le voir, celui-là. Je n'ai pas répondu, elle a pensé que j'avais promis. Dans ma tête, j'avais plutôt l'intention de m'imposer à Miguel avec mon bébé. J'exigerais un amour exclusif et inconditionnel, et j'irais habiter avec lui. Ça n'a pas marché, il est resté avec sa femme et, grâce aux pressions de ma mère, il s'est vite retiré du dossier.

Elle avait tout prévu, le berceau, les biberons, les couches, et jamais elle ne m'a incluse dans ses préparatifs. Sans qu'elle ait songé à adopter Alex légalement, il est devenu en douce son bébé à elle, son trésor. J'ai laissé aller les choses, c'était facile, et je ne ressentais rien vis-à-vis de cette petite boule de chair pleurnicharde sortie de mon ventre. Ma mère a abandonné son travail à plein temps pour s'occuper d'Alex, pour le couvrir de tout l'amour qu'elle n'avait pas eu pour nous, Ernest et moi, ses propres enfants. C'était une grande âme, ma mère, une femme de cœur. En prenant Alex sous son aile, elle m'a soi-disant permis de poursuivre mes interminables études. A-t-elle jamais aimé quelqu'un d'autre qu'Alex? A-t-elle même aimé mon père? Alex la comblait, c'était l'enfant qu'elle aurait voulu avoir, l'enfant qui ne disait rien, qu'elle n'avait donc pas à faire taire. Pourtant, elle jurait qu'elle nous aimait, mon frère Ernest et moi, Je me morfonds pour vous, toi, Ernest, Raoûl, vous ne vous rendez même pas compte à quel point je vous aime. Ces mots sortaient de sa bouche comme les billets du guichet automatique, mais je n'en faisais pas de cas. Est-ce parce que j'aurais trop souffert en affrontant la vérité? Est-ce à cause de ce manque d'amour latent que mon frère et moi n'avons pas quitté le nid familial avant qu'elle et mon père nous indiquent la porte? Était-ce une façon pour nous de lui faire payer son indifférence? Moins elle s'occupait de nous, plus nous nous collions à elle, et c'est ainsi que nous sommes restés dans son giron jusqu'à ce que mon père tombe gravement malade et qu'elle le convainque de nous expulser. Il était temps que je fasse ma vie, j'ai mis longtemps à l'admettre. Je n'avais jamais dormi ailleurs que dans ma petite chambre mauve soir d'été au fond du couloir. Depuis ma naissance. Suis-je jamais sortie de son ventre avant de fuir vers Val-Paradis, il y a deux ans? Comment pouvait-elle m'aimer alors que je n'étais pas encore née? Elle est morte, maintenant, elle ne pourra pas me dire ce qui s'est passé dans sa tête, dans son cœur. Lui ai-je manqué ? Ne l'ai-je pas plutôt soulagée en sortant de sa vie ? Trop tard, il est trop tard pour lui poser ces questions que je commence à peine à formuler.

Et je reste là, étendue dans le lit de Magdelaine qui est devenu mon lit, celui de Ray, et je suis engourdie, anesthésiée par cette nouvelle de la mort de ma mère. Les souvenirs remontent en vrac, je voudrais les classer, mais bizarrement la mort de ma mère me ramène à celle de tante Magdelaine, beaucoup plus triste. Me vient de nouveau à l'esprit cette journée où j'ai pris possession de sa maison en compagnie de Lucie. À notre arrivée, la chaleur dans la cuisine de tante Magdelaine était insoutenable. Un cricri chantait dans la véranda, Lucie a ouvert bruyamment toutes les portes d'armoire. Qu'est-ce que tu cherches, pour l'amour du ciel ? Tu sais où elle mettait son mélangeur électrique ? Il n'y en a pas, elle avait horreur des gadgets, je l'ai toujours vue battre sa pâte à la main. Magdelaine disait, J'aime voir la pâte se transformer, c'est magique, des œufs et de la farine qui lèvent et se changent en gâteau. Laisse tomber, Lucie, viens t'asseoir, prends plutôt une bière avec moi, il y en a toujours ici. Et les larmes sont revenues, j'ai pensé que je ne pourrais plus jamais parler de Magdelaine au présent, ni prendre l'apéro devant les nouvelles à la télé, les nouvelles qu'elle écoutait religieusement sans faire de commentaires, comme si le cours des choses ne l'atteignait pas, passait au-dessus de sa tête tel un vent tiède. Si différente d'Anita, ma mère, qui hurlait son indignation à Bernard Derome. Lucie a enfourné le pouding, puis elle s'est assise près de moi et m'a dit doucement, Arrête de pleurer, Angèle. Tu t'es sauvée, tu t'en sors, regarde en avant. Allons nous promener.

CHAPITRE 3

En bas, Ray hausse le ton, Dis donc, Angel (j'aime quand il prononce mon nom à l'anglaise), tu vas passer la journée au lit? Moi, je m'en vais à La Sarre, il me manque des moulures de pin pour finir la véranda. (Ray avait commencé à isoler la véranda dans ses temps libres pour la convertir en salle de séjour quatre saisons. À l'abri du froid, à l'abri des mouches, disait-il.) Ne t'inquiète pas, Angel, je reviens en fin d'après-midi. J'ai mon cellulaire, tu m'appelles s'il y a quelque chose. La porte claque, Ray part toujours en coup de vent, il est comme ça. C'est sa façon à lui de dire qu'il n'est plus là. O.K., Ray, bye, ma voix s'est sans doute perdue, il a fait comme s'il ne m'avait pas entendue. Habituellement, avant qu'il parte, il me donne un baiser. Mais ce matin, il ne monte pas, et moi, je reste figée dans mes pensées qui tournent tels des derviches soufis. Je pense à ces presque deux ans passés seule avec mon fils dans l'appartement en face de chez ma mère, ces presque deux ans pendant lesquels Alex ne m'a adressé la parole que pour m'injurier. Puis en novembre 2002, j'ai pété les plombs et j'ai remis mon fils à ma mère, sa vraie mère, au fond, qui à son tour l'a remis à son père. Et j'ai pris l'autobus pour l'Abitibi. Mon fils ballotté doit se demander qui est sa mère. Il avait plus de douze ans quand j'ai repris son sort en mains, dans mes mains moites et molles pleines de pouces, qui ont laissé couler le peu d'amour qui aurait pu s'installer entre nous. Il avait quatorze ans quand je l'ai largué, il en a seize maintenant. De quoi a-t-il l'air?

J'ai pété les plombs, c'est vrai, mais non sans m'armer d'un élégant prétexte, annonçant de façon irrévocable que j'allais travailler au loin pour un organisme humanitaire, il faut le faire! Mais à ce moment-là, je ne mentais pas, je désirais vraiment partir à l'étranger, m'engager en Afrique, au Congo, au Rwanda ou au Burkina Faso, des noms de pays qui me fascinaient, qui me fascinent toujours. Inconsciemment, sans doute, j'ai voulu éviter qu'on me taxe de froideur et de méchanceté. La vérité me saute aux yeux, maintenant. C'était tout simplement fini, kaput. Dire qu'on n'en peut plus n'est pas suffisant pour abandonner son enfant. En voulant m'occuper des plus démunis, j'espérais me réhabiliter aux yeux de mon fils, de ma mère, et peut-être aussi à mes propres yeux. Et maintenant, deux ans plus tard, je pense que ma mère était contente que je débarrasse le plancher, peu importe où j'allais. Je l'entends dire tout bas, On ne l'aura plus sur le dos, celle-là. Je pense que mon fils, son petit-fils bien-aimé, était encore plus soulagé qu'elle. À l'époque j'étais aussi inutile qu'une cannette de Seven Up défoncée dans une ruelle déserte.

Ray est parti depuis presque une demi-heure, j'ai

du temps devant moi, il en a pour au moins trois heures, aller-retour à La Sarre, achat de moulures, petit café avec des amis au Tim Hortons. Je peux descendre dans la cuisine en toute sécurité. Sur la table, des traces de Ray, son assiette pleine de miettes de bannique, sa tasse à moitié vide. Des preuves d'amour, aussi, la bannique déposée dans mon assiette, un pot de confiture de framboises resté ouvert, le café sur le réchaud. Ray, toujours aussi attentif. En refermant le pot de confiture, je repense encore à Lucie, à ce jour de juillet dernier, toujours le même, où nous sommes venues dans cette cuisine après la mort de Magdelaine. J'avais déjà confié à Lucie combien je me sentais inutile quand je suis partie de Montréal. Et aujourd'hui? m'a demandé mon amie en me regardant dans les yeux. Aujourd'hui, ai-je répondu, je suis résignée, plus sereine. À cause de Ray, sans doute. La sérénité et la résignation, ce n'est pas la même chose, a dit Lucie. Au fond, je ne serai jamais résignée, ai-je dit. Alors tu ne seras jamais sereine, a-t-elle rétorqué.

J'aimerais que mon cerveau cesse de tourbillonner, de fouiller sans arrêt mon passé, pour comprendre enfin pourquoi je suis venue au bout du monde, au pays de mon père mort il y a presque trois ans maintenant, mon père que je n'ai pas vraiment connu même si j'ai habité sous son toit pendant plus de trente ans. J'étais une étrangère dans ma propre vie, ma propre famille, ma propre ville. J'étais une huître scellée, celle qu'on rejette parce qu'on n'arrive pas à l'ouvrir. Alex, mon fils, était à mon image, je le savais, mais je le harcelais pour qu'il dise son malaise. Il avait tant de haine, mais il la laissait couler, alors que je ne suis pas arrivée à sortir la mienne. Ce qu'il a pu me détester ! J'étais comme ces mères dépassées par leur fils dans *Le Journal d'Édith* ou dans *Il faut qu'on parle de Kevin*. Des livres terribles, qui m'ont aidée parce qu'ils révèlent des choses que je n'ose pas dire, des choses qu'on avoue rarement, rongé par la peur du regard des autres et du drame imminent. En parler risque de tout faire éclater. Dire, c'est faire. Les mères ne disent jamais à voix haute qu'elles n'aiment pas leurs enfants. Ça ne se fait pas. Je suis une mère inadéquate, je n'ai pas su materner mon enfant, l'allaiter, l'élever avec patience, lui lire des histoires avant de le border, comme dans *Tout se joue avant six ans*, non, je n'ai même pas lu cette bible que ma mère laissait traîner dans le salon. Inapte, a-mère, c'est exactement ce que je suis.

Lucie m'a ensuite posé cette question, à laquelle j'ai bien hésité avant de répondre, Est-ce que ça s'enseigne, l'amour ? Peut-être que oui, ai-je répondu, on dit qu'on arrive à le faire en y « travaillant ». Les vieux couples parviennent quelquefois à ranimer la flamme éteinte après plusieurs années de terne cohabitation. J'aimais Alex un peu comme un frère. Je ne me rappelle pas l'avoir serré dans mes bras. Il détestait les câlins et, petit, il ne voulait pas se faire bercer. Long silence. J'étais au bout de mon rouleau, je regrettais soudain d'être revenue dans cette maison avec Lucie.

Toute la boue qui circule dans mes artères se remet à bouger. Je croyais l'avoir diluée, mais la mort de ma mère la fait remonter, épaisse et bouillonnante. La réflexion de Lucie me taraude toujours. Angèle, m'a-t-elle dit, je ne sais pas, moi, je n'ai pas d'enfant, mais il me semble que si j'en avais un, je ne pourrais jamais l'abandonner. Je lui ai répondu qu'aucune mère ne se dit, Tiens, je vais abandonner mon fils. Non, ça ne se passe pas comme ça. Ce n'est pas un coup de tête, c'est quelque chose qui mûrit, qui te traque comme une bête. Tu ne peux pas t'en sortir, tu sais que si tu ne pars pas, tu mourras, c'est tout ce que tu sais. C'est un anti-suicide, tu vois?

Une grosse mouche de cuisine vert fluo zigzaguait entre les carreaux rouges et blancs de la nappe cirée. Nous l'observions, Lucie et moi, comme si elle allait nous indiquer le chemin à prendre. Lucie s'est levée pour agripper la tapette en forme de marguerite près de la porte. J'ai crié, Non, ne la tue pas! Elle m'a regardée, étonnée, et j'ai dit, Tu me juges, hein, Lucie, c'est ça? Tu me juges comme tout le monde me juge, comme l'univers entier me juge…

Ah, ta paranoïa, Angèle, c'est quelque chose! En disant cela Lucie a écrasé de toutes ses forces la grosse mouche, l'a prise par une aile et l'a déposée délicatement dans la poubelle. Une de moins dans l'univers pour te juger. Je ne suis pas sûre de te comprendre, c'est tout.

Ah, c'est si loin, si loin, tout ça. À peine deux ans que je suis partie de Montréal, une éternité. Quand je suis allée chez ma mère ce jour de novembre 2002, c'était la première fois de ma vie que je l'affrontais vraiment, que j'entrais en possession de mes moyens, que je pouvais enfin sentir quelque chose. Auparavant, la vie me coulait sur le dos, lisse et superficielle, comme une annonce de piscine creusée. Avant de me rendre chez elle rue Darling, j'ai longtemps déambulé sur Ontario, déboussolée comme en plein cœur d'une forêt. C'était vers neuf heures du matin, mais il faisait si sombre que les lampadaires scintillaient encore sur le trottoir ruisselant. Mes pas faisaient gicler l'eau autour de moi, j'étais trempée à l'os. Au radar, j'ai abouti sur De Maisonneuve au coin de Berri. Je me suis assise juste en face de la station d'autobus, place Émilie-Gamelin.

L'enseigne du restaurant Da Giovanni clignotait. J'ai toujours associé ce fameux restaurant à l'Abitibi, parce que c'est là où venait mon père quand ses parents l'emmenaient à Montréal, dans son enfance. Il nous a raconté qu'il n'y avait pas de pizzeria à Val-Paradis, dans son village au bout de la route, comme il l'appelait. Ça nous faisait rire et ça donnait l'occasion à ma mère d'en ajouter une couche sur l'Abitibi. Mais ce matin-là de novembre, vers neuf heures, assise sur un banc de la place Émilie-Gamelin, j'avais beau me considérer comme affranchie de ma sacrée mère, j'avais du mal à m'organiser sans elle. Je voulais m'engager dans l'aide humanitaire, mais je n'avais pas un traître sou, et mon petit chèque d'aide sociale n'allait pas suffire pour me payer un voyage en Afrique. J'étais bloquée, pas d'argent, pas d'adresse, plus de mère, plus de fils, plus personne. J'ai enfin pris le métro et je suis allée rue Darling. Une fois devant la maison de ma mère, après une légère

33

hésitation, j'ai ramassé toute mon énergie et je me suis dit, *Fuck!* Il faut que je le fasse. J'ai sonné, sonné, mais elle ne répondait pas. Pas son genre de ne pas ouvrir. Alors j'ai traversé la rue, devinant qu'elle était chez moi, dans cet appartement maudit que j'avais habité avec Alex. Là encore, j'ai attendu avant d'entrer dans ces lieux que j'avais fuis de façon cavalière. J'avais tout laissé en vrac, comme si j'étais seulement allée faire des petites courses : futon, ordi, télé, vêtements, livres, crasse, miettes sur la table, serviettes, poubelle. Tout. Une vengeance. Ma mère n'aura pas le choix, elle devra vider l'appartement en rageant contre moi, c'est ce que je m'étais dit en quittant les lieux quelques jours auparavant.

À peine avais-je eu le temps de sonner et d'entrouvrir la porte qu'elle a crié du haut des escaliers, Que veux-tu encore ? Tu as changé d'idée ou tu viens m'aider à ramasser tes traîneries ? Non, Anita, j'ai seulement besoin d'un peu d'argent, je… Sans me laisser finir ma phrase, elle a commencé sa litanie, Tu me largues le fils, tu me laisses le ménage sur les bras et en plus tu veux de l'argent ? Ma tête bourdonnait, je voulais la fusiller. J'ai mis le pied sur la première marche. Surtout, ne monte pas ! C'est moi qui vais descendre. Blanche de colère ou de peur, je ne sais pas, elle a dégringolé les trois étages sans me regarder, m'a poussée dehors en ouvrant la porte et a traversé la rue pour entrer chez elle en courant. Attends-moi là ! Quelques instants plus tard, elle est sortie sur son balcon les yeux exorbités et elle a crié, Viens ici ! Je n'ai pas bougé, bien décidée à ne plus lui obéir. C'est fou, me répétais-je en moi-même, je n'ai pas mouillé ma culotte. Elle continuait, Sans-cœur, je ne veux plus te revoir, jamais, je ne veux plus que tu viennes déranger ton fils, c'est ce qu'elle criait en traversant la rue, haletante. Elle m'a tendu une enveloppe, son menton tremblait, j'ai pensé qu'elle avait envie de pleurer, C'est fini, m'a-t-elle dit, tu n'auras pas une cenne de plus, va-t'en, que je ne te revoie plus jamais. Jamais, tu entends? Elle est rentrée chez elle en claquant la porte.

Le vent m'a fouetté le visage quand j'ai abouti angle Rouen et Darling (exactement là où s'est tuée ma mère la nuit dernière), la pluie s'est peu à peu transformée en neige fofolle. Je me suis dirigée vers le métro Préfontaine pour ensuite m'engouffrer dans la station, où une femme déambulait sur le quai, l'œil inquiet, Vous tremblez tellement, avez-vous besoin d'aide? m'a-t-elle dit. Non, non, ça va, ça va. J'essayais tant bien que mal d'ouvrir l'enveloppe de ma mère. À première vue, j'ai compté une dizaine de billets de cent dollars, que j'ai prestement enfouis dans ma poche.

L'été dernier, nous étions attablées, Lucie et moi, dans la cuisine brûlante de tante Magdelaine, et je bafouillais en lui faisant le récit de ce matin de novembre 2002, plein de vent, plein de pluie. Je n'arrive pas plus à me calmer maintenant que je n'y arrivais ce jour-là, ni le jour où je suis partie avec l'enveloppe de ma mère. Le cœur voulait me sortir de la poitrine, je venais de mettre ma mère *knock-out*, c'est ce que j'aurais dû faire depuis longtemps, ce que je n'avais jamais osé faire, je suis passée de battue à battante et j'avais la poche de mon jacket remplie d'argent. En lui racontant la scène, j'ai fait très peur à Lucie. Tu es déchaînée, m'a-t-elle dit, tu ne te vois pas les yeux, on dirait que tu veux défoncer quelque chose. Allez, prends une grande respiration. Tu dérailles. Et puis on a du pain sur la planche, on doit s'occuper des affaires de Magdelaine, tu t'en es sortie, maintenant tu as l'amour de Ray, un travail, un chez-toi, une vie. Tu as tout!

Oui, c'est vrai, Lucie, tu as raison, j'ai tout, c'est ce que j'ai dit en prenant un grand verre d'eau. Mais j'ai toujours ce nœud dans la gorge, chaque matin quand je me réveille. Bon, tu as raison, on n'en parle plus et on sort. Sur la galerie le soleil tapait encore très fort en cette fin d'après-midi, mais un vent léger nous rafraîchissait les joues. La bordure d'épinettes noires au fond du terrain me suppliait de faire une pause, de stopper les machines, de calmer la tornade dans mon cerveau. Au bout de quelques minutes, j'ai craché le morceau. J'ai raconté à Lucie que, quand j'avais vu tout cet argent, je n'avais même pas pensé en donner à Alex. Je n'ai pas pensé à la vie misérable qu'il avait menée pendant les deux ans où nous avions cohabité. J'ai eu toutes les chances de me prendre en mains et de faire la paix avec mon fils. Au lieu de cela, on s'est enfoncés, on a failli s'entretuer. J'étais asphyxiée, noyée, inapte. Pendant des années, mes parents nous ont fait vivre, mon frère Ernest, son fils Antoine, Alex et moi, avant de nous montrer la porte au printemps 2001. C'est là que la vraie vie a commencé, que j'ai dû recourir à l'aide sociale. Avec rien, comme on dit, avec rien. Je suis restée l'éternelle étudiante sans le sou, c'était tatoué sur mon front. Et si je n'avais pas décidé de décamper de Montréal en novembre 2002, je serais encore une étudiante béesse. Il me fallait sauver ma vie. Je me le répète chaque jour, mais je n'arrive pas à m'en convaincre tout à fait. Tout ça, je l'ai dit d'une traite à Lucie.

Alex t'aurait-il aimée davantage si tu lui avais donné de l'argent? Une autre bonne question de Lucie à laquelle je ne voulais pas répondre. L'orage était passé, le soleil était revenu mais il avait tiédi sur la galerie. Les mouches noires s'étaient pointées, plus vigoureuses que jamais, papillonnant dans mes cheveux, sur ma nuque. Je me suis entendue dire, Peu importe ce que je fais, Alex pensera que je l'ai tué dans l'œuf. Quand on tue son enfant, on ne retourne pas le voir deux jours plus tard pour lui donner de l'argent. Tu dis n'importe quoi, Angèle, tu ne penses pas sérieusement que tu as tué ton enfant? Il avait tout de même quatorze ans quand tu l'as remis à son père. Non, Lucie, même quand il était près de moi, je l'abandonnais sans cesse. Dès sa naissance. Et je pense que s'il était resté près de moi plus longtemps, je l'aurais achevé à petit feu. J'étais inapte à avoir un enfant, je le répète, ce n'est pas naturel, je ne suis pas assez folle pour ignorer ça.

Pourquoi me poses-tu toutes ces questions que je ne veux pas entendre? J'en ai assez, Lucie, je ne veux plus rien dire. Viens, entrons, les mouches nous ont trouvées et elles n'ont pas l'air de battre en retraite. Comme tu le dis, on a des tas de choses à régler. Aller voir le notaire, trier les vêtements de Magdelaine, régler ses factures. Oui, c'est vrai, Angèle, tu as fait tout ce chemin depuis Chisasibi pour faire ton travail de liquidatrice, tu ne peux pas partir, fuir, tu lui dois de respecter ses volontés.

Le soleil dardait une dernière flèche sur la tasse à mesurer laissée en plan, la transformait en pur cristal. Nous avons rangé le comptoir, placé au frigo le reste du pouding aux framboises. Et si on montait dans sa chambre, a dit Lucie, ouvrir ses tiroirs ?

C'est ce que nous avons fait. Nous avons trouvé de grands foulards de soie multicolores qu'elle ne portait jamais. C'est Nicole qui aimait les foulards, ça l'habillait d'un rien, c'est ce qu'elle disait en riant, m'a révélé Lucie. Une boîte de photos, également, que j'ai ouverte avec frénésie, croyant en trouver de mon père ou de ma grand-mère. Mais non, seulement des photos de Magdelaine et Nicole, comme si leur vie avait commencé avec cet amour-là.

Nous sommes restées presque une semaine entière à Rapide-Danseur pour faire cet inventaire sans surprises. Nous avons organisé les funérailles dans la petite église en pierres des champs. Le notaire m'a avisée qu'en plus d'hériter de la maison de Magdelaine j'étais la légataire universelle. Elle détenait des petits placements à droite et à gauche qui totalisaient vingt mille dollars. Une fortune.

Lucie est retournée à Rouyn et j'ai pris l'avion pour Radisson, où m'attendait Ray, bien décidée à le convaincre de venir vivre avec moi dans le Sud, à Rapide-Danseur.

CHAPITRE 4

Il est presque onze heures du matin, la neige insiste et
le champ est tout blanc, maintenant. J'aurais dû descendre aussitôt après avoir raccroché, annoncer à Ray
la mort de ma mère, pleurer dans ses bras. J'aurais dû
faire ce que toute personne normale aurait fait. Mais
voilà, je suis restée en haut. Quand Ray reviendra de La
Sarre, ce sera plus pénible encore parce que je devrai lui
avouer mon indifférence, mon manque d'amour, mon
manque tout court. Suis-je obligée de dire la vérité ?
J'échafaude des mensonges, des façons de m'en sortir,
de mieux paraître à ses yeux. Je pourrais aussi lui dire
que mon frère Ernest a téléphoné pendant son absence,
ainsi il pensera que je ne le savais pas quand il est parti
pour La Sarre. J'entends ma mère me dire, Tu rationa-
lises, tu dis seulement ce qui fait ton affaire.

Avec Ray, j'essaie pourtant de ne pas entrer dans
le jeu des cachotteries. C'est trop compliqué. Ce matin,
je suis revenue à la case départ en gardant le silence.
Pourtant, je le sais, Ray est l'homme le plus compréhen-
sif du monde. Quand, après la mort de tante Magdelaine, j'ai décidé de quitter Chisasibi pour revenir à
Rapide-Danseur, j'étais certaine que Ray refuserait

de m'accompagner, que j'aurais à patiner pour le convaincre de venir habiter avec moi ici. Du patin de fantaisie, aurait dit ma mère, qui est morte maintenant, qui ne me dira plus jamais rien.

À mon retour des funérailles de tante Magdelaine, j'étais fébrile en descendant à l'aéroport de Radisson, partagée entre la joie de revoir Ray et la crainte de lui apprendre ma ferme décision. Je savais son attachement pour son village, et je craignais de perdre son amour, cet amour si précieux. Comment concilier l'inconciliable ?

Ray était de bonne humeur ce jour-là, content de m'accueillir, je pense. Mais j'étais mal à l'aise dans la Cherokee tout au long des cent kilomètres qui séparent Radisson de Chisasibi. Tu ne parles pas beaucoup, Angel. La mort de ta tante t'a fait beaucoup de peine, c'est pour ça ? Non, Ray. Euh, oui, j'ai de la peine, j'ai beaucoup pleuré. Pense qu'elle est dans ton cœur, qu'elle vivra en toi tant que tu seras en vie. Toi-même tu disais qu'elle était comme une mère pour toi, et une mère, jamais on ne l'oublie, jamais tant qu'on vit. Ce n'est pas ça, Ray, ce n'est pas ça. En entrant dans notre bungalow de Chisasibi, je me suis sentie comme chez des étrangers. Les meubles du salon avaient été déplacés, la vaisselle garnissait le comptoir de la cuisine en pyramides bancales. Ça sentait le désarroi de celui qui reçoit une visite inopinée. Le temps était gris, la maison, froide et humide. En ce début du mois d'août, on aurait dit que l'été avait déjà mis un pied dans l'engrenage de l'automne. Il n'y avait presque rien dans le frigo. C'est

Brian, a dit Ray, tu sais comme il mange, il n'a pas de limites, je suis allé plusieurs fois à l'épicerie pendant que tu étais au sud. Oh, ce n'est pas grave, Ray, ne t'en fais pas. Qu'est-ce que tu as, Angel? On dirait que tu me caches quelque chose. Non, Ray, je suis fatiguée. J'ai sauté dans la Cherokee et je suis partie en trombe vers le centre d'achat, qu'on pourrait aussi appeler le centre-ville de Chisasibi, une grande place sablonneuse dominée par un immense tipi en guise de clocher. J'adore conduire, c'est Ray qui m'a donné des leçons, patiemment. Ray est un modèle de patience.

Ma mère a embouti un arbre de la rue de Rouen la nuit dernière. Tout près du métro Préfontaine, m'a dit Ernest au téléphone. Elle détestait conduire, mais mon père lui cédait toujours le volant parce que, quand c'était lui qui conduisait, elle n'arrêtait pas de freiner dans le vide, de donner des ordres, tourne à droite, tourne à gauche, de s'agripper au tableau de bord pour se distancer des véhicules. Alors il conduisait seulement quand ma mère ne l'accompagnait pas. Et il n'a jamais été question que nous apprenions à conduire, mon frère et moi. Quand vous aurez votre propre voiture, disait ma mère. Comme je ne gagnais pas ma vie et que je ne voyais pas le jour où j'allais pouvoir le faire, je n'ai jamais rêvé de conduire. J'ai pris ma revanche à Chisa-sibi. Rien de plus facile que d'apprendre sur des routes désertes, et j'ai vite su comment faire valser la Cherokee sur la grande place sablonneuse du centre d'achat.

Toujours les mêmes légumes un peu fanés dans les étalages de l'épicerie, des fruits talés, des pizzas congelées. À Radisson, les tablettes ne sont pas très bien garnies non plus. Contrairement à La Sarre, où on trouve de tout. J'en suis réduite à comparer les marchés d'alimentation du Nord, me suis-je dit, un peu honteuse, pendant que je parcourais les allées en quête de carottes ramollies. Je ne suis pas venue à Chisasibi pour manger des figues fraîches et des fromages fins, je suis ici à cause de Ray, Ray et ses grands espaces, ses bernaches, ses ombles chevaliers, son caribou, son lièvre, sa façon relaxe de voir les choses. Mais en bonne fille du Sud, j'aurai toujours une envie de petite laitue croquante au lieu d'une iceberg impérissable.

Dans le centre d'achat, des concitoyens installés autour d'une grande table de pique-nique parlaient entre eux, me rappelant par leur attitude réservée que je n'étais pas des leurs, pas encore, même si je vivais parmi eux avec Ray Rupert depuis plus d'un an. Mais, me suis-je dit, Ray est-il un des leurs, complètement? Il a travaillé longtemps chez les Blancs, il vit avec une Blanche, il n'est donc pas un pur parmi les purs. Il doit sentir un reproche dans le regard des siens, lui aussi, l'autochtone dans l'âme. Il est pourtant le fils d'une Crie et d'un Cri de Fort George, et a hérité d'eux son amour des bois, de la chasse, de la pêche, des ciels océaniques.

En me frayant un chemin sur la grande place pleine de pick-up, j'ai eu le goût de prendre la route, de refaire d'un trait le millier de kilomètres vers Rapide-Danseur, de tout laisser en plan, un peu comme quand j'avais fui Montréal. Et puis je me suis ravisée. Non,

non, pas question de me sauver. Ma vie est belle ici, tranquille et douce. Personne ne me reproche quoi que ce soit, chacun a son lot de problèmes. Pourquoi le doute s'est-il faufilé de nouveau dans ma tête? Non, je ne pouvais rester éternellement dans ce lieu qui ne m'appartenait pas. J'avais le goût de retourner à Rapide-Danseur, dans la maison de Magdelaine. Je n'arrivais pas à expliquer la force de cette pulsion, la même pulsion qui m'avait fait prendre l'autobus pour Rouyn-Noranda en novembre 2002. Je suis folle, je n'arriverai jamais à convaincre Ray de me suivre au sud. Il me faut trouver de meilleurs arguments, il me faut affronter mes peurs pour lui dire que je veux quitter Chisasibi, une idée qui refait surface malgré moi. Tout cela tournait en rond, mais plus j'y pensais, plus je me sentais comme une étrangère dans le bungalow de Ray.

Les premiers temps, j'étais pourtant heureuse d'habiter cet endroit où personne ne me connaissait, j'avais besoin de ce *nowhere-nobody*. Mais dans les villages, et à plus forte raison dans les petites communautés, il y a moins de *nowhere-nobody* que dans n'importe quelle grande ville. La maison de Magdelaine m'est soudain apparue comme un baume, comme une façon de dénouer ma gorge, d'extraire de mon ventre cette pierre si lourde. J'essayais de me rassurer en faisant le pari que Ray me suivrait par amour. C'est ce que je me répétais dans la Cherokee, mais je partais de loin.

À mon arrivée sur le territoire de Ray, en juin 2003, environ un an avant la mort de Magdelaine, je me suis glissée dans une vie de simplicité volontaire, dans la

43

vie de ce Cri qui, après plusieurs années passées chez les Blancs, tentait de renouer avec sa famille, avec ses ancêtres, son mode de vie, sa faune, sa flore. Il s'était éjecté de son milieu, qu'il trouvait trop oppressant, et pendant des années il n'avait plus parlé à sa mère, qui avait adopté son fils Brian, un peu comme ma mère avait adopté Alex. Il ne voulait plus avoir d'enfant, il agissait comme s'il n'avait pas de famille. Puis tranquillement, il avait senti le besoin de retrouver ses racines. Il a rétabli les liens avec sa mère, sa grand-mère, son fils, dont il a obtenu la garde partagée. Je me sens mieux comme ça, disait-il, et tu vas voir, Angel, toi aussi, tu retourneras voir ta mère un jour, ton fils, et tu seras contente. Attends d'en avoir le goût, rentre en toi, tu vas te trouver un nid, tu verras. Ces mots me calmaient, mais ils m'angoissaient aussi parce que je n'arrivais pas à m'imaginer qu'un jour je puisse retourner vivre à Montréal, près de ma mère et de mon fils.

En plus du bungalow que nous habitions dans Chisasibi même, Ray possédait un vieux campe dont il avait hérité de son père, au bord de la Grande Rivière, qu'il appelle Tschishasipi, un peu comme on prononce *Chisasibi*. Ni eau courante ni électricité. Une petite truie qui rugissait dès qu'on la bourrait de bois, une source qui coulait même par grands froids, c'est tout ce dont on avait besoin. Pour toute nourriture, le produit de la pêche et de la chasse. Pour toute musique, le vent qui siffle dans les fentes des fenêtres la nuit. Nous y sommes allés plusieurs fois, et c'est là que j'ai découvert le ciel aveugle, les tapis de lichens, la neige à perte de vue, le parfum de l'humus. Des choses qui m'étaient complètement étrangères, habituée que j'étais à mon quartier de ville, à mon coin de rue, à la grande maison de brique de mes parents, à mon appartement tout en longueur du troisième étage. Pendant cette année à Chisasibi et à Radisson, entre Chisasibi et Radisson, j'ai mis ma vie entre les mains de Ray, qui a pris soin de moi comme un père prend soin de sa fille, j'allais dire, presque comme une mère prend soin de son enfant. J'ai mis un an à empoigner mon cœur, qui s'était pendu quelque part dans la ruelle de mon enfance.

Je n'ai pas eu à trouver le bon moment pour dire à Ray mon désir de quitter mon nid, c'est lui qui a amorcé la conversation pendant que je rangeais les aliments et que je disais, Je pense que je vais faire un pouding aux framboises, j'ai trouvé des framboises congelées au supermarché. Ray est à l'affût des êtres comme il est à l'affût du gibier. On dirait que tu es fatiguée, Angel, on dirait que tu me caches quelque chose. Tu n'as jamais fait de pouding, et puis il y a plein de framboises dans les bois alentour, je ne vois pas pourquoi tu en achètes des congelées du Mexique. Je t'ai fait quelque chose? Non, Ray, c'est le voyage, la peine aussi d'avoir perdu Magdelaine. Tu comprends? Magdelaine, c'était la mère que j'aurais voulu avoir. Elle m'a accueillie les bras ouverts dans sa maison, elle représentait toute ma famille, celle que je n'avais jamais eue auparavant, tu vois. Non, Angel, je ne vois pas. Tu avais une famille, tu en as toujours une, c'est toi qui es partie. Bingo. Long silence. J'ai craché le morceau, j'ai dit à Ray, en tremblant, que j'aimerais retourner vivre dans la maison de Magdelaine. Long silence de nouveau. Quand il est déstabilisé, Ray réfléchit avant de répondre. Ses yeux se plissent, sa bouche aussi, comme pour empêcher les mots de sortir sans sa permission. Puis il m'a regardée en plein dans les yeux et il a répondu, Mais Angel, notre vie est ici. Tu as ton travail, j'ai le mien. On a notre petite maison, je t'aime, que veux-tu de plus? Il a continué en disant qu'il ne voulait plus se séparer des siens, de sa mère, de son fils, qu'il avait des choses à défendre pour son peuple, qu'il voulait travailler pour empêcher le harnachement de la rivière Rupert, qu'il fallait des gens pour faire entendre raison au gouvernement. Je ne savais pas quoi lui répondre, j'ai dit, Ray, c'est si important pour toi, la Rupert? Oui, Angel, si on les laisse faire, ils vont tout nous enlever, je dois rester ici. Et puis, j'ai un emploi et je tiens à le garder. J'ai répondu, Magdelaine m'a légué un peu d'argent, on peut vivre un an sans se faire de soucis. Tu travailles tellement, prends congé. Tu ne m'avais pas dit ça, Angel, que tu as eu un héritage. Laisse-moi t'expliquer, Ray, je viens tout juste d'arriver. J'ai un plan. Ah oui? Et c'est quoi, ton plan? a demandé Ray en haussant le ton. Ne t'énerve pas, je vais tout t'expliquer. J'ai pensé utiliser cet argent pour m'installer là-bas. Je suis pas à vendre, a dit Ray, un peu sec, ce n'est pas mon genre. Il s'est ravisé, a continué plus doucement, Et puis, c'est toi qui as voulu venir vivre ici l'année dernière. Je croyais que tu étais bien, à Chisasibi. Oui, Ray, j'étais bien, très bien, même. J'avais besoin de m'éloigner de tout, j'étais perdue. Maintenant, j'ai le goût de retourner au sud. Réfléchis bien, Angel, je n'aime pas l'idée de me faire vivre par ma blonde, et je ne peux pas me permettre de prendre des congés prolongés. D'accord, Ray, je vais y penser. C'est ce que j'ai répondu. Mais toi aussi, penses-y de ton côté…

Ça continuait de mijoter dans ma tête, et pendant que je plaçais les légumes au frigo je me disais qu'il devait bien y avoir moyen de retourner à Rapide-Danseur tout en gardant mon amour près de moi. Au pire on s'aimerait à distance, ça ne m'effrayait pas. Mais Ray n'aurait pas accepté un tel arrangement. En me creusant les méninges, j'ai allumé le four. Quelle idée de chauffer la maison alors que c'est chaud et humide dehors, me suis-je dit, et je l'ai éteint aussitôt. Les mouches noires étaient entrées en trombe avec moi et elles se sont ruées sur les pizzas dès que j'ai ouvert le frigo. En les chassant et en en écrasant quelques-unes, j'ai pensé à Alex, qui était à peu près du même âge que le grand Brian, avec qui je m'entendais assez bien. Est-ce qu'Alex pense à moi parfois? Est-il plus tranquille sans moi? Comment se débrouille-t-il avec son père? Ces questions me taraudaient, mais je m'exerçais à éloigner la moindre réponse.

CHAPITRE 5

Mon café est froid, je ne le boirai pas. J'aime cette cuisine dans laquelle j'ai vécu mes premiers mois de survie avec Magdelaine, dans laquelle je passe toutes mes journées avec Ray. On s'attable le matin pour le café, puis nous enlevons tasses et assiettes pour faire de la place aux journaux et aux papiers qui jonchent une partie de la grande table, la table à tout faire, jamais mise, jamais tout à fait dégagée. Tous les matins de la semaine Ray part pour La Sarre, où il étudie.

Finalement, c'est la perspective de suivre des cours de secourisme qui a convaincu Ray de venir habiter avec moi la maison de tante Magdelaine à Rapide-Danseur. Après de longues négociations, je lui ai proposé de prendre une année sabbatique pour se perfectionner. Il aime tellement ses cours qu'il pense se spécialiser davantage et faire carrément un baccalauréat en soins infirmiers, jugeant qu'il serait ainsi très utile à sa communauté quand il retournerait vivre à Chisasibi. Tu devrais suivre des cours toi aussi, m'a-t-il dit. J'ai répondu que j'y penserais, mais au fond je me disais plutôt que des cours, j'en avais suivi, et plus qu'à mon tour. Sans résultat !

C'est ainsi qu'en août dernier nous avons fermé le bungalow de Chisasibi pour nous installer pour un an dans la maison de Magdelaine. Rien d'autre que le chat et nos vêtements dans nos bagages, comme si nous partions en voyage. Brian s'est trouvé une pension à Rouyn-Noranda, où il s'est inscrit à Polymétier. Il vient nous voir une fois par mois, on lui a aménagé une chambre, celle que j'occupais quand Magdelaine vivait encore.

La maison de Magdelaine était restée presque telle quelle. J'étais heureuse de retrouver la cuisine et sa nappe de plastique rouge et blanc, de même que les rideaux de vichy dans la grande fenêtre qui donne sur la forêt derrière, des rideaux qu'on ne tire jamais parce que personne ne passe derrière la maison. Magdelaine disait que si jamais un curieux s'approchait de sa fenêtre, elle voulait le voir. Ces rideaux à carreaux me font penser à la France, m'a un jour dit Ray, qui n'est jamais allé ailleurs qu'en Abitibi et à Québec en passant par la route du Nord. Moi non plus, je ne suis allée nulle part, sauf à Val-Paradis avec mon père quand j'avais dix ans. Une autre fois, me suis-je rappelée tout à coup, ma mère nous a emmenés à Ogunquit. Un voyage pénible. Même les homards du Lobster House, qu'on ne savait pas décortiquer, faisaient rager ma mère. J'avais quinze ans à l'époque, sans amoureux ni bébé, et j'arrivais à me faire une petite paix en nageant dans l'océan si grand, le soir au soleil couchant. J'ai eu cette même sensation quand je suis allée avec Ray pour la première fois au bord de la baie James, à quelques kilomètres de Chisasibi. Ce n'est pas l'océan, mais c'est aussi grandiose.

Le téléphone sonne de nouveau, j'hésite à répondre de peur qu'Ernest me relance. Mais je décroche quand même en tremblant, et c'est Ray qui veut savoir si j'ai fini de lire mon livre, si j'ai pris mon petit déjeuner. J'ai bien réussi ma bannique, hein ? Oui, oui, Ray, tout va bien. Et toi, tu as tes moulures ? Non, elles sont *back order* à La Sarre, il faut que j'aille à Rouyn. Et toi, Angel, ça va ? Ne t'inquiète pas, Ray. Ah ! Quand tu dis de ne pas m'inquiéter, tu m'inquiètes encore plus. T'es sûre que tout est O.K. ? Oui, oui, Ray. Attention sur la route, il neige beaucoup. À ce soir ! Ah, moi, tu sais, la neige, ça ne me dérange pas. Puis je vais arriver bien avant ce soir, en fin d'après-midi au plus tard.

Je viens de louper une autre chance de dire à Ray que ma mère est morte. Il sait que je lui cache quelque chose, je le devine, parce qu'il a du flair. Mais je suis bloquée. Du déni, aurait dit ma mère, qui avait réponse à tout. Du déni. Si j'avais été normale, j'aurais dit simplement à Ray, Ma mère est morte. Il aurait aussitôt proposé de m'emmener à Montréal, dans cette ville que j'ai reléguée dans ma mémoire tampon avec mon fils, mon frère et ma mère, ma mère-fantôme, celle avec qui j'ai voulu couper les liens même si je savais que pour contacter Alex je devais passer par elle. Je n'ai rien fait, j'aurais pu faire quelque chose, c'est l'histoire de ma vie.

Maintenant que j'y pense, il m'est arrivé, oui, à l'occasion de Noël, des anniversaires, de Pâques, de me demander ce qu'il advenait d'Alex. J'aurais pu envoyer un courriel à Miguel pour avoir de ses nouvelles, mais la perspective d'entrer en contact avec mon ex m'angoissait. Si ça se passe mal, va-t-il me demander de reprendre Alex? À mon arrivée en Abitibi, je n'ai dit à personne que j'avais un fils, sauf à Lucie. Je ne voulais pas en parler, j'essayais de brouiller son visage quand il m'apparaissait au détour d'une conversation, d'un paysage, d'une lecture. Voir un ado attendre l'autobus près du dépanneur, par exemple, me pinçait le cœur. J'ai agi pour le mieux, je me justifiais ainsi, espérant que dans la famille on excuserait ma « maladie mentale ». Une mère qui abandonne son enfant est une malade mentale, tout le monde le sait, le pense et le dit.

Ma mère a sans doute eu pitié de moi quand elle m'a remis cette enveloppe pleine d'argent. J'ai vu dans ses yeux un éclair de soulagement. Je me débarrasse pour toujours de ma folle de fille, c'est ce que mon cœur a entendu dans son *Va-t'en, ma fille, que je ne te revoie plus jamais*. Mon instinct me dictait de faire la morte pour mieux vivre.

Mon esprit tourbillonne, revient comme un aimant vers le jour où j'ai décidé de quitter Montréal, il y a deux ans. Avec les dollars de ma mère dans le fond de ma poche, je suis sortie du métro à Berri-UQAM et je me suis de nouveau retrouvée sur la place Émilie-Gamelin. Des pigeons crottés cherchaient des miettes de pain entre les chiens et les sans-abri. Le froid traversait mon anorak, il me fallait décider quelque chose. Je ne voyais pas la lumière au bout du tunnel, comme disent ceux pour qui tout va très bien et qui veulent nous encourager. Il fallait que j'arrête de pleurer et de me moucher. J'avais froid, mais je me sentais légère et dans l'urgence de bouger.

Une neige un peu folle mouchetait mon anorak. Il était presque deux heures de l'après-midi, mais il faisait sombre comme en fin de journée. En regardant vers le nord, j'ai eu une idée lumineuse, une idée qui change le cours d'une vie. Un *nowhere*, voilà ce qu'il me fallait de toute urgence. Je n'avais qu'à entrer en face dans la Station centrale et à monter dans un autobus. Je me suis laissé guider par une force inconnue, comme un personnage de science-fiction, et j'ai traversé le boulevard De Maisonneuve. Une fois au terminus, j'ai entendu une voix de guimauve susurrer, Dernier appel pour Grand-Remous, Val-d'Or, Malartic, Rouyn-Noranda. C'est là que je veux aller, c'est un signe du destin. J'ai couru tête baissée acheter mon billet et j'ai attrapé l'autobus de justesse.

Je disposais de deux sièges pour moi toute seule puisqu'il y avait très peu de passagers. J'ai sorti de mon sac un roman que j'avais commencé à lire quelques jours auparavant, *La Brèche*. Ça vient de paraître, m'avait dit la libraire, c'est l'histoire d'une fille de votre âge qui a réussi à s'en sortir. Tiens, il y en a qui s'en sortent, me suis-je dit en lisant la quatrième de couverture en diagonale : Émilie-Kiki a vingt-six ans et aime Tchéky K., cinquante-six ans, son professeur de littérature, marié « jusqu'aux oreilles ». Voulez-vous voir la critique du *Devoir*? Elle est très bonne, a continué la libraire, qui avait sans doute perçu ma détresse ou mon hésitation. Non merci. Je préfère découvrir à mesure, me faire ma propre opinion. Je le prends. J'ai lu le premier chapitre en revenant chez moi en métro, mais cette histoire un peu loufoque me rappelait trop la mienne, me remettait dans l'atmosphère de ma rencontre avec Miguel, mon prof qui m'avait engrossée à dix-sept ans. Quand je lui avais annoncé la nouvelle, il avait dit en espagnol, *Embarazada*. J'ai pensé que ça voulait dire « embarrassée », mais il m'a expliqué que c'était la traduction du mot *enceinte*. Je pense qu'il était embarrassé plus que moi qui étais enceinte.

Quand j'ai quitté l'appartement en vitesse, le roman traînait près de mon lit, je l'ai ramassé machinalement avec mes petites culottes et mes tee-shirts. J'avais un besoin urgent de décamper de cet appartement minable où nous habitions, Alex et moi, juste en face de la grosse maison de ma mère. Je me suis sauvée pour ne plus la voir entrer chez elle, ni en sortir, ni me juger, ni rien.

À peine l'autobus Maheux s'était-il engagé sur l'autoroute 15 que j'ai repris depuis le début la lecture de *La Brèche*. Cette fois, j'ai été happée par cette écriture grouillante et flashante comme un néon de la rue Sainte-Catherine. J'arrivais plus ou moins à m'identifier à la sexualité débridée de Kiki, mais je me reconnaissais dans son désarroi, dans sa dépendance à l'amour, et, même si je ne venais pas d'une famille aussi pauvre, démunie et folle, je revivais avec elle chaque minute souffrante de l'attente des coups de téléphone quand on est une jeune étudiante amoureuse d'un prof marié. Je dévorais ces mots qui semblaient s'adresser à moi personnellement et, sans m'en rendre compte, je suis passée au travers d'un sac complet de chips au vinaigre. C'était mon histoire, l'histoire infinie des amours sans lendemain. Est-ce qu'on peut s'en sortir quand on met le doigt dans cet engrenage ? Pour cent histoires d'amour impossible, combien y en a-t-il qui finissent par « Ils se marièrent et eurent de nombreux enfants » ? En admettant que ce soit le bonheur de finir comme ça, bien sûr. Est-ce que j'aimerais avoir un mari, une maison, des enfants ? Je n'ai qu'un fils et je l'ai livré dès sa naissance à ma mère, qui l'a élevé comme son enfant. Est-ce que j'aurais été une bonne, une vraie mère si je m'étais mariée ? Est-ce que j'aurais eu d'autres enfants ? Trop tard pour le savoir. Trop tard. J'ai tout perdu avant d'avoir quoi que ce soit. Pourtant, ce n'est pas faute d'avoir essayé quand mes parents m'ont foutue à la porte. En emménageant avec Alex dans mon troisième étage miteux, je croyais me rapprocher enfin de mon fils, entrer dans la normalité des choses, mais c'est le contraire qui s'est produit, et on s'est enfermés dans la colère et le silence tous les deux. Je n'étais plus sa sœur ni sa copine ; je n'étais pas sa mère non plus. Mon fils, je l'ai perdu dès sa conception ; ce n'est pas lui que je voulais, je voulais l'amour de son père, c'est tout. Lorsque j'ai signé ma décharge devant un notaire quelques jours avant de fuir, j'ai donné ce qui ne m'avait jamais appartenu.

L'autobus poursuivait sa route, se frayant un chemin dans la brume neigeuse d'une fin d'après-midi de novembre. J'ai refermé le roman pour observer l'intérieur des maisons en bordure de la route. Nous avions quitté l'autoroute ; l'autobus ralentissait en traversant les petits villages, et, à travers les fenêtres éclairées qui défilaient en rafale, j'épiais les gens, certains attablés, d'autres debout devant l'évier, d'autres affalés dans un fauteuil devant la télé. En novembre, le soir tombe tôt, et on ne pense pas encore à fermer les rideaux, on vit un peu comme si c'était un jour d'été plein de lumière. Ces figurants du quotidien ne se doutent pas qu'ils défilent comme un cahier de dessins animés.

Quand j'étais petite, je scrutais les rez-de-chaussée des voisins à travers les fenêtres. Les intérieurs se dévoilaient d'un bout à l'autre des appartements, et dans l'enfilade des pièces doubles je pouvais apercevoir les familles installées dans leurs fauteuils pour manger tranquillement du chop suey en regardant la télé. Ça me rendait jalouse, parce que chez moi il était hors de question de prendre le repas du soir ailleurs que dans la grande salle à manger. Ma mère mettait la nappe, les couverts, la musique de Mozart en sourdine, préparait un bon repas plein de vitamines en observant les principes du *Guide alimentaire canadien*. On ne disait pas grand-chose, mais on faisait semblant d'être ensemble et on apprenait les bonnes manières. Demander la permission avant de sortir de table. Ne pas parler la bouche pleine. Ne pas ne pas ne pas. Seuls mes parents discutaient, toujours de la même chose, des dernières nouvelles, du syndicat et de la révolution à venir. Si j'essayais de dire un mot, ma mère me coupait la parole. Tu ne connais rien, comment peux-tu avoir une opinion ?

C'était comme si on n'existait pas, mon frère Ernest et moi. Et plus tard, ma mère a servi la même médecine à ses petits-enfants, Alex et mon neveu Antoine, le fils d'Ernest. Autour de la table, on était des figurants et, le repas terminé, on partait s'installer devant la télé, pour ne pas avoir à nous exprimer, pour faire semblant d'écouter, pour avoir la paix. Mais ma mère, commentatrice officielle des nouvelles du monde entier, venait s'asseoir dans sa bergère telle une princesse et dialoguait avec l'écran comme si Bernard Derome avait été responsable de toutes les inégalités sociales.

CHAPITRE 6

Pourquoi ce voyage en autobus me revient-il en boucle, si présent ? Je croyais pourtant l'avoir oublié. Lors de cette randonnée cloîtrée, j'ai sans doute repensé à tout ce que j'avais voulu enterrer, mon enfance, mon adolescence, ma liaison avec Miguel, mon rapport tumultueux avec ma mère. Je ferme les yeux, son visage ne me revient pas. Je pense à la seule photo que j'avais gardée d'elle. Elle est penchée, elle sourit à Alex bébé qui fête son premier anniversaire. En quittant l'appartement, j'ai déchiré la photo, ne gardant que la partie d'Alex fixant sa bougie. J'aimerais avoir conservé la photo entière, revoir ma mère une seconde, ma mère morte que je devrais de ce pas, si j'étais une fille normale et aimante, aller embrasser dans son cercueil.

Aucun des passagers de l'autobus n'avait allumé sa liseuse, sauf moi. Parmi les femmes et les enfants, il y avait un seul homme, un Amérindien. Son enfant vomissait dans un sac de papier brun. Sa femme et lui se parlaient lentement, mais assez fort pour que je puisse comprendre que le petit garçon avait subi une opération à Montréal le matin même, une opération d'un jour comme on dit, et qu'ils le ramenaient à Lac-

Simon. Ils ne semblaient pas du tout inquiets, dominant la situation avec un flegme exemplaire. À un moment donné, le père et la mère se sont endormis, et le petit s'est glissé par terre au beau milieu de l'allée. Une vieille dame s'est exclamée, Pauvre petit sauvage, et elle a pris l'enfant sur ses genoux. Elle a commencé à chanter une berceuse, et il s'est mis à pleurer, ce qui a fini par réveiller le père, qui s'est levé d'un coup pour reprendre son fils, l'air vexé. Ce n'est pas de vos affaires, madame. Ben, ti-gars, si tu ne veux pas qu'on s'occupe de tes affaires, tu n'as qu'à t'en occuper, c'est ce qu'a répondu la dame, vexée elle aussi. Si ça a du bon sens, il aurait pu se faire mal, ce petit-là, c'est à dénoncer à la DPJ, ce monde-là. Personne n'a dit quoi que ce soit. Quand Alex était petit, j'aurais pu le laisser aller dans l'allée de l'autobus, moi aussi, mais j'habitais à Montréal près des grands hôpitaux, et ma mère se serait occupée de lui. La comparaison ne tient pas. Je n'ai même pas eu la possibilité de négliger mon enfant.

Passé les Laurentides, c'est la forêt noire, le long tunnel d'épinettes. J'étais partie vers le rien, n'osant même pas imaginer mon arrivée à Rouyn-Noranda, où je ne connaissais personne. Quand l'angoisse reprenait du service, une voix intérieure pas toujours convaincante me chuchotait à l'oreille que je n'étais pas si démunie, que mes parents m'avaient nourrie et logée jusqu'à l'âge de trente ans, que j'avais pu faire des études universitaires. Pourquoi étais-je si seule, si mal dans ma peau ?

Depuis longtemps, ma libido m'avait désertée. À force de me penser inapte, j'avais endormi tout désir.

En lisant un roman plein de scènes de baise, ça me chatouillait le plexus. Je déteste mon nom, j'aurais dû m'appeler Angie au lieu d'Angèle, ou Angélina, comme Angelina Jolie, c'est ce que je pensais avant de rencontrer Ray. Quand j'ai couché pour la première fois avec lui, il m'a dit, Tu as une bombe atomique dans ton ventre, toi! Et il m'a caressée en m'appelant Angel. Je n'avais pas fait l'amour depuis plus de quinze ans, je ne le lui ai pas dit. Mais j'ai crié, J'ai enfin un nom que j'aime, répète-le, Ray, répète-le, Angel.

Toujours dans cet autobus rempli de femmes seules, j'ai continué ma lecture. Ce roman agissait comme une sorte de catalyseur, les poils se dressaient sur ma peau, j'aurais pu bouger un peu et jouir sur place. À la nuit tombante, l'autobus s'est arrêté à Mont-Laurier, devant le motel Picardie. Quarante minutes pour souper, a crié la chauffeuse. Tous les voyageurs se sont dépliés pour descendre dans le soir glacé. Je n'ai pas reconnu tout de suite la salle à manger où j'étais venue avec mon père lors de cet unique voyage en Abitibi, qui m'avait paru très long. Je me rappelle que, quand nous avions traversé Rouyn-Noranda, mon père m'avait dit, On est presque arrivés. C'était faux, il restait plus d'une heure de route à faire, une route qui n'en finissait plus. Quand nous nous sommes finalement arrêtés devant la maison de Val-Paradis, mon père m'a dit, Tite fille, c'est ici le boutte du boutte de la route. Après ça, plus rien. J'ai compris qu'on avait atteint le bout du monde.

CHAPITRE 7

Et me voilà toujours au bout du monde, c'est ce que je pense en rangeant la vaisselle du petit déjeuner. Le vent souffle, l'hiver s'installe en lion. Pas de surprise, c'est novembre, on s'y attend, ici, à Rapide-Danseur. Ray est sans doute déjà parti de La Sarre, en route pour Rouyn. Parfois, quand il prend ce chemin, il fait un petit crochet d'une dizaine de kilomètres pour venir à la maison, mais il fait trop mauvais aujourd'hui, il ne passera pas par ici. Quand la tempête se sera calmée, je marcherai dans la forêt derrière pour baliser le sentier de tante Magdelaine, un sentier bordé d'arbres qui, s'il continue de neiger autant, crouleront sous la neige épaisse comme des arches de cathédrale. Les skis sont toujours là, dans la remise, je vais les utiliser cet hiver. Pour l'instant, je ne bouge pas.

Lors de ce voyage en Abitibi avec mon père, c'était l'été. Rien à voir avec aujourd'hui, rien à voir avec mon arrivée ici il y a deux ans. À l'époque, tante Magdelaine et oncle Normand vivaient avec mon grand-père dans la maison de Val-Paradis, celle où avait grandi mon père, une maison toute rafistolée. Autrefois, m'a raconté mon père, il y avait une galerie tout autour. Quand

Magdelaine est née, grand-père en a fermé un côté pour lui faire une chambre, ce qui l'a obligé à condamner la fenêtre de la cuisine. C'est ce qui expliquait les ampoules électriques toujours allumées au-dessus de la table, même à midi. Mais malgré son absence de lumière, la maison de Val-Paradis était chaleureuse, c'était une maison de tartes au sucre et de visites à l'improviste, un peu comme celle de Magdelaine.

Je n'oublierai jamais l'odeur moite de la cuisine, la pièce principale, qui invitait à y rester comme dans un cocon. Tante Magdelaine avait fait des biscuits et des tartes aux pommes. Elle disait qu'elle suivait les recettes de sa mère, ma grand-mère que je n'ai jamais connue. Magdelaine était coiffeuse, ma mère morte ce matin nous l'avait souvent répété avec sa superbe ironie. Pendant le peu de jours que nous avons passés, mon père et moi, chez mon grand-père cet été-là, le va-et-vient de la maison m'a éblouie. Les voisines entraient se faire coiffer l'après-midi, certaines sans rendez-vous, d'autres en *standing* rendez-vous, comme disait Magdelaine. Même jour, même heure toutes les semaines. Elle ne faisait ni permanente ni teinture. Je ne suis pas une vraie coiffeuse, disait-elle en riant. Des coupes et des mises en plis, c'est tout ce qu'elle savait faire. C'était sa façon à elle de recevoir et de diffuser les nouvelles du village. Des clientes, toutes des amies, babillaient dans la cuisine pendant qu'elle coiffait. L'une d'entre elles, qui s'appelait Nicole, offrait le café et servait d'assistante. C'est elle qui lavait les serviettes, donnait les rouleaux et mettait l'argent sonnant dans un tiroir de la cuisine, près des ustensiles. Elle partageait le repas du soir avec mon grand-père, mon oncle Normand et ma tante Magdelaine, comme si elle faisait partie de la famille. Nicole avait pourtant un mari, mais il était souvent parti. Il travaillait dix jours de suite à la Baie-James pour Hydro-Québec, puis il revenait à Val-Paradis se reposer cinq jours. Parfois Nicole parlait de lui comme d'un homme compliqué et détestable, ce qui, invariablement, jetait un froid dans la conversation. Je ne comprenais pas pourquoi, mais je pensais que Nicole était l'amante secrète de Normand, notre oncle célibataire endurci, trentenaire silencieux que nous ne voyions que le soir parce qu'il était fonctionnaire à La Sarre.

J'adorais écouter Magdelaine et Nicole alimenter les ouï-dire. La fille des Lavoie était enceinte, à dix-huit ans, les pauvres parents ne méritaient pas ça, du si bon monde. Le fils riche de Gaston Lachance, qui tire le diable par la queue, ne venait plus le voir. Pauvre Gaston, qui s'est saigné à blanc pour payer des études de droit à son ingrat de fils, ça n'a pas de bon sens. Pendant la journée, mon père partait se promener avec mon grand-père, et je restais sagement assise dans un coin de la cuisine, feuilletant des *Échos Vedettes* empilés près des violettes artificielles. Je n'avais pas besoin de mon père, ni de ma mère, ni de personne, j'étais bien. Parfois je sortais seule dans le champ derrière la maison et je me couchais dans les foins. J'aurais voulu passer le reste de mes jours à regarder le ciel soyeux, mourir parmi les criquets qui s'époumonaient autour de moi. Mais toujours, les mouches noires me trouvaient et me faisaient déguerpir.

Ah, la petite de la ville, elle a peur des mouches noires, c'est ce que Magdelaine disait quand je rentrais en trombe dans la maison-salon de coiffure. Tout le monde se mettait à rire et ça m'humiliait. Et elle ajoutait, Faut pas rougir comme ça, prends un petit bonbon.

À notre retour de Val-Paradis, mon père avait loué une chambre au motel Picardie de Mont-Laurier. Exactement là où s'est arrêté l'autobus Maheux quand j'ai déguerpi de Montréal. Mon père se disait trop fatigué, mais je pense qu'il voulait prolonger ses vacances, ne pas revenir chez nous, rue Darling, d'un seul trait. C'est un beau souvenir, cette chambre de motel avec télé. J'avais pu regarder tard dans la soirée *La Mort d'un bûcheron*, parce qu'on n'avait rien d'autre à faire que de digérer les cuisses de grenouilles à la provençale, très aillées, que nous venions de déguster dans la salle à manger. Ta mère haïrait ça, ce film-là, c'est un vrai western et ça parle québécois. Moi, j'aime ça, en tout cas, avait dit mon père. Et quand Pauline Julien s'était exclamée devant Willie Lamothe, La forêt, c'est à nous autres, mon père avait dit, *Yes sir!*

Ce que j'ai aperçu ce soir de novembre, en entrant dans le hall du motel Picardie avec les autres voyageurs, n'avait rien à voir avec ce doux souvenir. La salle à manger aux cuisses de grenouilles s'était transformée en une cafétéria sombre et un peu quétaine. Celle que je me rappelais sortait d'un numéro de *Décormag*, un magazine que ma mère feuilletait en rêvant tout haut d'alcôves vaporeuses, de moquettes épaisses et de rideaux champêtres. Vingt ans plus tard, le menu graisseux de cette même salle à manger affichait de banals repas de chop suey, spaghetti, pâté chinois, soupe du jour, tarte au sucre. Je n'avais pas faim, je me suis pointée dans la file pour les toilettes. En sortant de ce petit coin où tous les passagers se soulageaient presque en même temps, j'ai extrait des biscuits d'une machine distributrice et je suis sortie marcher dans les rues avoisinantes.

Entre Mont-Laurier et Val-d'Or s'étalent les deux cents kilomètres de la réserve faunique La Vérendrye. Trois heures de route isolée que mon père et moi avons traversée ensemble cet été de mes dix ans. Il faisait un temps des dieux. Ma mère était censée nous accompagner, mais, à la dernière minute, elle avait décidé de rester à la maison. Trop fatiguée, avait-elle dit à mon père, et puis, Angèle et toi, ça vous fera du bien d'être ensemble. Ernest ne veut pas y aller, ça fera moins de monde pour ta sœur à Val-Paradis.

Aujourd'hui, quand j'y pense, je me dis qu'elle avait sûrement soudoyé Ernest pour qu'il reste avec elle à la maison ; elle savait toujours ce qui était bon pour nous. Mon frère Ernest était son préféré, elle ne l'a jamais dit texto, mais elle sortait des petites phrases du genre, Ton frère est beaucoup plus sociable que toi. Et il m'écoute, lui, quand je parle. Je me demande comment Ernest s'est arrangé avec ma mère après mon départ, après qu'Alex est déménagé chez son père. Peut-être qu'ils sont tous revenus vivre avec elle parce que ma mère ne pouvait pas rester seule. Elle avait trop besoin de se dépenser, de montrer à tout le monde à quel point elle était bonne, généreuse, intelligente.

Toujours est-il que mon père et moi étions partis tôt par un matin d'été dans la Datsun familiale rouge toute neuve. Pour roder un moteur, rien de mieux que la grand-route, avait-il répété plusieurs fois, comme pour convaincre ma mère de la nécessité de ce voyage. J'étais ravie de me retrouver seule avec lui pour une aussi longue période. Sans ma mère pour m'ordonner de me taire, pour me répéter sa phrase classique, Quand tu seras plus grande et que tu sauras de quoi tu parles, alors tu parleras.

Depuis ce voyage avec mon père, j'ai toujours souhaité retourner à Val-Paradis. Quand tout allait au plus mal, je fermais les yeux et je revoyais la route interminable, si droite par moments qu'elle nous faisait entrer dans le ciel. Une solitude à deux pleine de bien-être, de silence apaisant. Nous aurions pu en profiter pour parler, nous dire des choses profondes comme dans les téléromans. Mais non, sans un mot, sans effort, nous fixions la route micacée sous le soleil, long ruban entre les épinettes et le ciel. Je revoyais aussi la chambre d'hôtel, deux grands lits, ça c'est le tien, ça c'est le mien, ma gêne de dormir dans la même chambre que mon père, une petite peur indéfinissable.

Le lendemain, nous sommes rentrés tôt dans notre maison fraîche et sombre de la rue Darling, juste au moment où ma mère finissait son repas du midi. Elle s'est empressée de fouiller dans son frigo, Je n'ai pas fait mon marché, tu aurais dû me dire que tu arrivais aujourd'hui, je vous aurais attendus, je vous aurais préparé quelque chose. Mais mon père lui a vite rappelé que nous étions partis le samedi précédent, qu'elle savait fort bien que nous partions pour une semaine, que ce n'était pas très difficile à calculer. Oui, mais Raoûl, tu ne m'as pas appelée de la semaine, je pensais que tu allais rester plus longtemps. Tu pensais ou tu espérais, Anita? La dispute a commencé, je suis montée dans ma chambre. Oh, ma mère parfaite qui nous avait fait des sandwichs avant notre départ pour Val-Paradis était sans doute plus heureuse de notre départ que de notre arrivée.

Ce voyage m'a beaucoup marquée, et depuis que je suis installée à Rapide-Danseur avec Ray, j'y repense souvent comme à l'un des plus beaux moments de mon enfance. C'était l'été, nous étions si légers, mon père et moi, que nous n'avons d'abord pas tenu compte des flopées de mouches noires qui s'éclataient au bord de la rivière des Rapides. Je me suis toujours rappelé le nom de cette rivière où nous comptions manger les sandwichs pas de croûte de ma mère. Ces mouches tenaient tant à partager notre pique-nique qu'après quelques bouchées nous avons battu en retraite dans l'auto, et papa a sorti des biscuits. Ils sont bons, ses biscuits, quand même, a dit mon père. Et moi, je croyais que c'était une façon pour ma mère de ne pas se faire oublier même si elle n'était pas avec nous, même au bord d'une rivière perdue de la réserve La Vérendrye.

Me reviennent aussi parfois les ronrons du moteur et le bruit du vent, que mon père tentait d'étouffer avec la nouvelle cassette de Pink Floyd. *The Wall* jouait en boucle, c'était sa toune fétiche, celle que ma mère détestait. « *Leave the kids alone* », ce n'est pas un exemple pour ta fille, Raoûl. Moi, j'adorais cette musique d'un autre monde, mais elle jouait si fort qu'il avait fallu que je crie pour une pause-pipi.

CHAPITRE 8

Dans la fenêtre de la cuisine, tout se brouille. Hier, on voyait encore de grands pans fauves dans le champ derrière, et en quelques heures tout a été enseveli. Même les épinettes ont disparu, tout comme se sont effacées les épinettes en bordure de la 117 le soir de ce voyage dans l'autobus endormi qui traversait la réserve La Vérendrye, m'éloignant mille après mille de ma mère, de mon fils, de mon mal. J'avais beau plisser les yeux, je ne voyais ni ciel ni terre. Les pleurs du bébé de mes voisins m'empêchaient de somnoler. À l'odeur, c'était évident qu'il fallait le changer, mais sa mère lui a planté la tétine de force dans la bouche et il s'est calmé. J'ai tenté de m'assoupir, sans succès, à cause de l'odeur. J'ai repris mon roman et j'en terminais la lecture quand l'autobus s'est arrêté à Louvicourt. Il faisait toujours nuit, il neigeotait. Une jeune fille à lulus est descendue et elle est tombée dans les bras d'un vieux monsieur. Était-ce son amant, était-ce son père? Je ne le saurai jamais. Cependant, à la façon dont il l'embrassait, on aurait dit que ce n'était pas vraiment son père.

L'autobus est reparti aussitôt vers Val-d'Or. La neige avait cessé, l'image de mon père me revenait sans cesse. Depuis sa mort, je n'avais pas beaucoup pensé à lui, à ce qu'il était dans mon enfance. J'avais plutôt en tête l'image d'un homme vieillissant et malade, devenu un peu pingre avec les années, lui qui avait pourtant été si généreux. Quelque temps avant de mourir, il nous a coupé les vivres, à mon frère et à moi, et il nous a expulsés de sa maison. Je n'ai pas compris sur le coup, je lui en ai voulu même s'il était gravement malade, mais pendant les cent derniers kilomètres qui me séparaient de Rouyn, j'ai commencé à faire la paix avec lui, me remémorant ce voyage que nous avions fait ensemble à Val-Paradis l'été de mes dix ans.

J'ai longtemps pensé qu'il avait été soudoyé par ma mère pour nous mettre à la porte. Aujourd'hui, je me dis qu'il n'avait plus d'obligations envers moi. À la fin de la vingtaine, il est normal de voler de nos propres ailes, comme on dit. Ce n'est pas une catastrophe en principe, j'aurais dû partir bien avant qu'il m'éjecte. J'aurais dû comprendre une telle chose, mais pourquoi me suis-je entêtée à lui en vouloir ? Qui a créé la dépendance ? Lui ? Ma mère ? Moi ?

J'aurais aimé l'accompagner plus souvent quand il allait voir sa famille à Val-Paradis, mais ma mère a rapidement mis le holà à mes désirs. Elle n'était allée qu'une seule fois en Abitibi, c'était en juin et il avait neigé. Quand mon père prononçait le mot *Abitibi*, elle revenait sur le sujet de la neige en plein été. Partie sur sa lancée, elle enchaînait sur les mouches noires et les maringouins, sur la désolation du paysage, et nous en avions pour une bonne demi-heure. Toujours ma mère! Je la fuis et elle me poursuit. Je ne m'en sortirai donc pas! Elle est morte, morte. Pourrai-je jamais l'enterrer?

Lors de cette fuite en autobus en novembre 2002, j'ai pensé à Alex, qui, une fois, avec la permission de ma mère, avait accompagné mon père Raoûl à la chasse. Ils s'adoraient, ces deux-là. Je me suis demandé ce qu'Alex faisait, s'il était heureux avec son père à lui, s'il se sentait aussi bien que moi lors de cet unique et long voyage vers le nord, toute seule avec mon père. Est-ce que je lui manque? Comment se fait-il qu'il ne me manque pas? Je n'arrivais pas à répondre à ces deux questions même si j'avais la certitude d'avoir agi pour le bien de mon fils. Le jugement des autres me chicotait malgré tout. Une mère ne peut pas abandonner son enfant, peu importe qu'il soit un bébé ou un adolescent de quatorze ans. Ça ne se fait pas. Alex serait-il plus léger, plus libre, si j'étais morte, si je m'étais suicidée? La mort, la maladie s'expliquent mieux que l'absence. On ne peut reprocher à quelqu'un d'être malade, d'être mort. Les parents des enfants disparus sont soulagés quand le corps est retrouvé. Une paix s'installe, on comprend ce qui est arrivé. L'absence reste inexplicable.

CHAPITRE 9

Soudain me prend l'envie de voir la photo déchirée d'Alex. Je remonte dans la chambre fouiller dans mon tiroir pour débusquer la seule photo que j'ai gardée de lui. Un tout-petit que je ne reconnais pas, un bébé qui sourit. Je la déchire en quatre, ce sourire ne m'appartient pas, il appartenait à ma mère, ma mère à qui il ne pourra plus sourire maintenant qu'elle est morte. Je redescends dans la cuisine, où le téléphone n'arrête pas de sonner. Je présume qu'Ernest veut me donner d'autres détails sur la mort de ma mère, que Ray n'a peut-être pas trouvé ses moulures à Rouyn et qu'il revient. Je ne réponds pas, je ne bouge pas. Je nage dans le même désarroi que celui dans lequel j'étais quand la chauffeuse a dit dans son micro, Rouyn-Noranda, dernier arrêt, merci d'avoir voyagé avec Autobus Maheux.

Ces deux voyages de Montréal vers l'Abitibi se superposent dans ma tête, ma tête qui ne veut pas sortir de l'autobus. À mon arrivée à Rouyn en novembre 2002, le terminus était fermé pour la nuit. Le froid sec m'a happée dès ma sortie, j'étais perdue parmi ces gens qui s'embrassaient, heureux de se retrouver et de s'engouffrer dans des autos bien chauffées. Je suis restée seule

avec la conductrice qui déposait des colis sur un char-
riot. Où allez-vous ? Je n'ai pas répondu. Attendez-vous
quelqu'un ? J'ai dit en hésitant que je cherchais un hôtel
pour dormir, que je n'avais rien réservé. Juste en face,
vous avez le motel Deville. Ils ont presque toujours de
la place, c'est là que je dors. Attendez-moi, je vous
accompagne. La petite femme toute en nerfs a empilé
les derniers colis, qu'elle a ensuite transportés dans une
réserve. Pendant que nous traversions la rue Horne, j'ai
appris qu'elle s'appelait Lison, qu'elle restait à Montréal,
avait deux enfants, que son mari les gardait. C'est tout.

J'ai déposé mon sac à dos sur la moquette mou-
chetée de la chambre de motel. Deux grands lits faisaient face à un énorme téléviseur, m'invitaient à m'af-
faler, mais j'avais faim et surtout besoin de me
dégourdir un peu après ces neuf heures cloîtrée dans
l'autobus. Un dédale de couloirs m'a amenée vers l'hôtel Albert, adjacent au motel Deville. Les conversations
animées des buveurs de bloody mary et de Molson
Export débordaient du *lounge* à demi éclairé derrière la
cloison de verre. Je suis sortie et, une fois sur le trottoir
de ce qui me semblait être la rue Principale, j'ai pris une
grande respiration, neutralisée par le grand air, ne
sachant pas où aller. Les néons m'ont attirée vers la
droite. Pas un seul promeneur, mais des pick-up qui
passaient à toute vitesse, faisant éclabousser la sloche
dans la rue. Je me sentais euphorique. J'ai pleuré de joie,
comme si j'avais toute la vie devant moi. Personne ne
sait où je suis, personne ne me connaît, je ne connais
personne. Je suis dans le no man's land de tous les pos-

sibles, c'est ce que je me répétais tout haut en marchant, pour m'en convaincre davantage. Un pick-up nickelé a vrombi tout près de moi, *Tu veux faire un p'tit tour de Main, darling*? Sans attendre ma réponse, il a poussé son moteur, sa calotte rouge enfoncée jusqu'aux oreilles. J'ai rebroussé chemin vers l'hôtel, qui n'était pas très loin heureusement, et je me suis fondue dans la clientèle compacte du *lounge*.

En jouant des coudes, je suis parvenue à me jucher sur un tabouret au comptoir, et une bière a aussitôt atterri devant moi, comme par enchantement. *Nouvelle cliente*, m'a dit le *waiter, c'est la maison qui l'offre. Un petit sourire avec ça, mamzelle*? J'ai souri, oui, pour la première fois de ma vie, j'ai souri à un inconnu. Sans plus. J'ai sifflé ma bière et je suis retournée à ma chambre. Quand je me suis affalée sur le lit, je ne sais plus si c'était de peur ou de joie, mais mon cœur battait très fort. Dans ma tête, ça dansait, ça tournait en rond (exactement comme ce matin quand j'ai appris la mort de ma mère). Je me triturais les méninges. Pourquoi ai-je abouti ici, en Abitibi? Que ressentait mon père quand il venait dans sa région natale sans ma mère, sans ses enfants? Il voulait se retrouver, sans doute. Pourquoi ai-je ce désir si insoutenable d'aller à Val-Paradis? J'ignorais comment m'y rendre, je n'avais pas d'auto et je ne savais même pas si on pouvait y aller en autobus. Peut-être que je voulais faire un pied de nez à ma mère, ma sainte mère à laquelle je ne pouvais échapper même à des kilomètres de distance.

Même après sa mort. C'est ce que j'ajoute ce

matin, les mains jointes sur ma nappe à carreaux rouges et blancs. Sauf que dans ce grand lit jumeau du motel Deville, j'étais remplie d'espoir aussi. Je souhaitais qu'Alex se calme loin de moi, sa mère. Je revoyais son visage, il était en moi et hors de moi comme un personnage de roman. Pourtant, il était et il est toujours la chair de ma chair. Encore aujourd'hui, je me dis que je n'arriverai jamais à me rentrer ça dans le cœur. La tête me tourne, j'ai beau m'enserrer le front avec mes deux mains, le carrousel ne s'arrête pas.

CHAPITRE 10

Le soir est tombé. Voilà Ray qui rappelle une autre fois, Il fait si mauvais, dit-il, c'est la tempête dans le bout de Rouyn, je pense que je vais me prendre une chambre au motel Deville. Je vais en profiter pour aller voir Brian, peut-être l'amener au restaurant. Comme tu veux, Ray, c'est toi qui le sais. En fait, je ne suis pas encore tout à fait décidé, Angel, je te rappelle plus tard. T'es O.K., Angel ? Oui, Ray, tout va bien, t'inquiète pas. Dis bonjour à Brian si tu le vois.

Je repense tout à coup à ma mère qui m'avait crié, Va-t'en, que je ne te revoie plus jamais. Jamais je n'aurais imaginé que sa propre mort allait faire en sorte que son vœu soit exaucé. Elle ne pensait sans doute pas, à ce moment-là, qu'elle allait mourir deux ans plus tard. Non, elle ne me reverra plus jamais, je n'irai même pas voir son cadavre.

Étrange que Ray soit à Rouyn, qu'il dorme au même motel où j'ai abouti il y a deux ans, après mes neuf heures d'autobus. Le matin suivant, j'ai rassemblé mes affaires dans mon sac à dos, puis je me suis rendue au restaurant de l'hôtel, où des serveuses grisonnantes et pimpantes dans leur uniforme blanc et noir s'affairaient autour des clients. Des hommes seulement. Les habitués, attablés par groupes de quatre ou six, discutaient et blaguaient avec les serveuses, tandis que les autres, des voyageurs sans doute, avaient la tête penchée sur le *Journal de Montréal*, distribué gracieusement sur toutes les tables. Jus d'orange, toasts, œufs au miroir, café clair, j'ai tout dévoré dans le ronron des conversations d'affaires.

Ployant sous mon sac à dos, je me suis rendue au terminus d'autobus. Aucun départ pour Val-Paradis, où je voulais me rendre. Au guichet, la caissière m'a informée que l'arrêt le plus près était La Sarre. Il y avait justement un départ quelques minutes plus tard. Elle a ajouté que les passagers qui voulaient se rendre plus loin devaient y aller en taxi. Vous pouvez aussi demander à quelqu'un de venir vous chercher au terminus de La Sarre, m'a-t-elle dit en souriant. Je ne connais personne à Val-Paradis, ni à La Sarre. C'est combien de kilomètres, de La Sarre à Val-Paradis? Oh, pas beaucoup, une cinquantaine de kilomètres seulement. Seulement? Cinquante kilomètres en taxi, ça coûte un bras!

Décontenancée, je me suis assise dans la salle d'attente. Je savais qu'il n'y avait pas d'hôtel à Val-Paradis, que c'était un tout petit village. Un hameau. Je savais que mon oncle Normand, le frère de papa, y habitait parce que ma mère en avait parlé quand mon père est mort. Il a hérité de la maison paternelle, il doit encore l'habiter. Je ne savais pas si tante Magdelaine vivait avec mon oncle : on n'avait plus parlé d'elle chez nous depuis des lunes. Sans numéro de téléphone ni adresse, je me demandais comment j'allais me débrouiller pour les trouver. Dernier appel pour La Sarre, dernier appel.

Je suis retournée au comptoir, hésitante. La caissière m'a rassurée comme elle le pouvait, À La Sarre, vous trouverez peut-être quelqu'un qui vous amènera à Val-Paradis. Faites confiance, vous verrez, tout finit par s'arranger. Je ne me décidais pas à plonger, et j'ai finalement laissé tomber. Puis je me suis ravisée, et je me suis pointée de nouveau au guichet pour dire à la caissière que je prendrais l'autobus suivant. Mais le prochain départ n'était qu'à cinq heures du soir. Je voulais faire le voyage de jour par crainte d'arriver dans une place inconnue pendant la nuit. En pure girouette, j'ai décidé de ne repartir que le lendemain matin.

Ce n'était pas dans mes plans de flâner toute une journée à Rouyn-Noranda. Un soleil faiblard se pointait, un temps jauni de novembre, la vie semblait au ralenti. Je n'avais jamais voyagé seule, il fallait que je m'organise. De retour à la réception du motel Deville, j'ai pensé tout à coup que j'avais pas mal d'argent dans l'enveloppe que ma mère m'avait laissée, et j'ai demandé qu'on m'appelle un taxi pour Val-Paradis. C'est loin, vous savez, ça va vous coûter une beurrée, c'est presque trois heures de route, m'a dit la réceptionniste. Attendez, je pense que j'ai un client qui s'en va à La Sarre, ça pourrait vous faire un bout, et de là vous pourriez le prendre, votre taxi. Tiens, justement, voici Charly, je suis sûre qu'il va se faire un plaisir de vous amener à bon port. Ça ne dérangeait pas du tout Charly. Pas du tout, a-t-il répété très fort, surtout une clisse de belle fille comme ça, c'est toujours plaisant comme compagnie. Flanquée de mon sac à dos, j'ai mis un peu de temps à encaisser la « clisse de belle fille ». Moi, ça ?

Et c'est ainsi que je suis montée dans une grande Taurus grise à côté d'un représentant de commerce qui ressemblait comme deux gouttes d'eau à un représentant de commerce. Bien rasé, bien mis, cravaté, le sourire engageant, il aurait pu vendre des frigos aux Inuits. Les portières se sont verrouillées automatiquement, et tout s'est passé si vite que je n'ai pas eu le temps de me poser de questions. C'est quoi, ton petit nom ? Angèle… Angèle qui ? La panique s'est emparée de moi, pas une énorme panique, mais l'impression de désobéir à ma mère. Va-t-elle me lâcher, celle-là ? L'histoire du petit chaperon rouge qui rend visite à sa grand-maman et qui parle au loup en chemin. Et le loup qui mange la grand-maman, le sens lubrique du mot *mange* m'a effleuré l'esprit quand mon chauffeur personnel m'a demandé si je connaissais quelqu'un à La Sarre. Un amoureux ? Une belle fille qui s'en va toute seule à La Sarre avec un sac à dos doit être amoureuse en clisse, a-t-il ajouté en fixant la route, le trémolo dans la voix. J'ai répondu que non, je n'avais pas d'amoureux à La Sarre, que je voulais simplement aller à Val-Paradis. Il a répondu, ponctuant ses phrases de nombreux *clisse*, que personne ne voulait aller simplement à Val-Paradis, que les gens y allaient parce qu'ils connaissaient quelqu'un ou qu'ils y faisaient des affaires. J'ai laissé l'ambiguïté régner dans l'habitacle. Au moment où nous passions au ralenti dans le village de D'Alembert, Charly a insisté. Alors, dis-le, il reste à Val-Paradis, ton amoureux ? On peut se tutoyer, non ? J'ai répété que je n'avais pas d'amoureux, point. Que j'allais à Val-Paradis voir un oncle. Il a voulu savoir son nom, son adresse, Tu sais, Angèle, je connais tout le monde dans le village. J'ai dit que mon oncle s'appelait Normand Michon, qu'il habitait peut-être avec sa sœur, ma tante Magdelaine. Du monde du côté de mon père. Dans les méninges de Charly, ça voyageait rapidement. Donc, si je comprends bien, tu t'appelles Angèle Nichon, euh, Michon, je veux dire, excuse-moi. Il y avait longtemps que je n'avais pas entendu des blagues sur mon nom, et une onde de chaleur a irradié dans mon corps. Je devais avoir les joues rouge vif.

Je regrettais d'avoir trop parlé, je ne sais pas ce qui m'avait pris tout à coup, c'était parti sans que je puisse me retenir, et j'en ai rajouté. Oui, la sœur et le frère de mon père. Une vieille fille et un vieux garçon qui habitent sans doute dans la maison de ma grand-mère que je n'ai pas connue et de mon grand-père décédé il y a longtemps dans un accident. Il a frappé un orignal à la brunante entre Duparquet et La Sarre. On m'a raconté que l'orignal était en bouillie, que ses viscères s'étaient répandus sur l'asphalte. Mon grand-père a été éjecté de la voiture et il est resté trois semaines dans le coma avant de rendre l'âme. Désolé, a répondu le chauffeur Charly, c'est *bad* en clisse.

CHAPITRE 11

Le téléphone ne sonne plus, c'est le grand silence dans la cuisine. Ray n'a pas rappelé, il a réussi à voir Brian, ou bien il reviendra ce soir et je n'aurai pas le choix, je devrai lui avouer que ma mère est morte. La nuit est complètement tombée, le vent siffle dans la fenêtre et les épinettes ont disparu depuis longtemps, comme si ma clôture s'était enfouie dans un grand manteau noir. Ma mère est morte, ça ne veut pas entrer dans ma tête pare-balles. Morte sur le coup, m'a dit Ernest. Je n'ai pas demandé plus de détails, mais j'imagine qu'elle était complètement écrabouillée, comme l'orignal que mon grand-père Michon a frappé entre Duparquet et La Sarre. J'ai la nausée tout à coup, le café reflue dans ma bouche, amer. Je veux vomir, comme j'aurais aimé vomir tout ça il y a longtemps. Mais le goût de suri reste braqué dans mon estomac, le goût de tout écraser se cabre à l'intérieur de moi et n'arrive pas à sortir.

Et ce voyage d'il y a deux ans ne cesse de me hanter. Cette route vers mon père me prend au lasso. Charly revient comme un fantôme hallucinant. Il n'a pas lâché, loin de là. Alors, tu t'appelles Angèle Michon. Bien oui, vous l'avez déjà dit. Ça fait rien, j'aime ça, ce beau nom-là, Angèle Michon. Un clisse de beau nom.

J'étais allée trop loin. Moi qui ne parlais à personne, moi la recluse, pourquoi lui avais-je révélé tout ça? Ensuite, j'ai pensé que la réceptionniste de l'hôtel ne m'aurait pas fait monter avec n'importe quel coureur de jupons. Prenons une grande respiration. Il n'allait pas me faire d'autres avances, je n'ai rien de très attrayant. Belle jeune femme, mon œil! Beau parleur, petit faiseur, aurait dit ma mère. Cela me tournaillait dans la tête pendant que Charly fixait la route bordée de sapins enneigés tout en extrayant du compartiment à gants un CD qu'il a enfoncé dans le lecteur. La voix douloureusement belle de Roy Orbison a rempli l'habitacle, et, en ramenant sa main sur le volant, Charly a frôlé ma cuisse, Oh, pardon, Angèle, j'espère que je ne t'ai pas fait croire que… Sans doute ai-je rougi jusqu'à la racine des cheveux en essuyant mon pantalon comme s'il l'avait souillé. Je me suis rabattue vers la portière en soupirant fort. *Pretty Woman* jouait à tue-tête. Il a crié, Tu as peur de moi? J'ai crié à mon tour que je ne le connaissais pas, que nous étions sur une route isolée. Tiens, tu me donnes une maudite bonne idée. Et le voilà qui ralentit et s'apprête à stationner la voiture dans une entrée désaffectée. Puis il est revenu sur la route en riant. Je t'ai joué un bon tour, hein? Non, n'aie pas peur, je suis un bon gars. Et puis on voit que tu n'es pas habituée de te faire cruiser.

Pas très drôle, la *joke*, ai-je dit, et je lui ai demandé d'arrêter. J'ai débouclé ma ceinture pour lui prouver que j'étais sérieuse, et l'alerte sonore a pris le dessus sur la musique de *Pretty Woman*. Mais voyons, Angèle, c'est toi-même qui as dit que c'était une route isolée. Je peux bien te faire descendre, mais il n'y a pas beaucoup d'autos qui passent ici ce matin, tu vas geler comme une crotte. Je me sens quand même responsable.

Je ne savais pas trop quoi faire, j'étais prise au piège, et je l'ai supplié de me laisser sortir. Il a aussitôt freiné sur l'accotement, mais je n'arrivais pas à ouvrir la sacrée portière. Il a pesé sur un bouton et j'ai fini par m'extraire de sa grosse Taurus. J'ai abouti dans le fossé, où il m'a rejointe en tenant mon sac à dos, qu'il m'a lancé comme s'il s'agissait d'un colis suspect, clamant très fort, Clisse que t'es folle! J'avais peur qu'il approche et je me préparais mentalement à le mordre au sang. T'es parano ou quoi? Arrive en ville! On n'est pas tous des cochons! Tu devrais te voir l'air. Pas baisable avec ta tignasse. Furieux, il est remonté dans son auto et a démarré en trombe, me laissant pantoise au bord d'une forêt de sapins rabougris.

Comment en étais-je arrivée là? Ma mère avait raison de me traiter de folle. Le vent fouettait les arbres, et je me retrouvais survivante d'un grand désastre dans une fin du monde. Pendant que je réfléchissais à un moyen de m'abriter, deux ou trois camions sont passés en trombe. J'ai pensé que j'aurais dû monter avec ces camionneurs. Attendons le prochain. Après une éternité, un bruit de moteur a dominé les plaintes du vent. Une petite auto s'est pointée au loin, et j'allais me replier quand j'ai vu une femme au volant. J'ai bondi en plein milieu de la chaussée en faisant de grands signes. Dans ma tête, ça disait, Non, non, ne fais pas ça, tu vas te faire tuer! Puis l'idée de mourir toute seule sur cette route m'a rendue sereine tout à coup. Comme anesthésiée. *Freeze.* L'auto a freiné brusquement devant moi, et la conductrice est restée un bon moment penchée sur son volant. Mais qu'est-ce qui te prend? Tu veux te suicider ou quoi? J'ai simplement répondu que je voulais un lift, que j'étais mal prise, pendant qu'elle m'observait, incrédule. Puis elle m'a demandé où j'allais. À La Sarre, ai-je dit. Elle hésitait. Avant que je puisse m'engouffrer dans sa vieille Toyota toute déglinguée, j'ai dû lui fournir plusieurs explications. D'où je venais, ce que j'allais faire à La Sarre. J'étais au bord des larmes, et elle a finalement cédé. C'est bon, je t'emmène. Tu t'appelles comment? Moi, je m'appelle Lucie. C'était là ma première rencontre avec celle qui allait devenir ma grande et seule amie dans la vie.

En roulant, elle a poursuivi son interrogatoire. Connais-tu quelqu'un dans les parages, combien de temps comptes-tu rester à La Sarre? Je lui ai répété grosso modo ce que j'avais dit à Charly. Elle ne connaissait plus personne à Val-Paradis, sauf une amie, Simone, qui tenait un dépanneur et qu'elle allait justement visiter. Elle a un enfant de quelques mois et c'est très difficile pour elle. Son chum l'a laissée, c'est un Cri, les pleurs du bébé le faisaient capoter. Lui-même criait? Non, m'a répondu Lucie, *cri,* c'est le nom de sa communauté. Il y a des Algonquins, des Hurons... Un Cri de la Baie-James, un gars formidable. Bien oui, j'ai dit, je connais les Cris, c'est que tu en as parlé en le mêlant avec les cris du bébé. J'ai confondu les pleurs avec les autochtones, je ne faisais pas très attention... Elle s'est tournée vers moi, se demandant sans doute si je déraillais. Puis je lui ai raconté l'épisode de Charly, du frôlement de la cuisse et du CD de *Pretty Woman*, et j'ai compris, à son regard étonné, qu'elle avait peur d'être tombée elle-même dans un traquenard, que j'avais peut-être joué la comédie, que j'étais de mèche avec Charly pour la kidnapper et la violer, genre Bernardo-Homolka. Contrôle ton imagination, me suis-je dit en moi-même, tu es obsédée, tu lis trop de romans. Ma conductrice a repris doucement, Tu n'as pas l'air bien, peut-être que ce monsieur Charly voulait simplement t'amener à La Sarre, que tu t'es imaginé tout ça. J'ai détourné la conversation en disant que j'espérais tout simplement revoir mon oncle et ma tante à Val-Paradis, revoir du même coup la maison de mon père où j'étais allée il y a longtemps. Tu es certaine qu'ils y sont, les as-tu contactés? Devant ma réponse négative, elle a rétorqué, Si jamais ils n'y sont pas, tu viendras chez mon amie Simone, elle a un appartement juste au-dessus de son dépanneur. Mais je ne la connais pas, votre amie! Tu peux me tutoyer, ici on ne vouvoie personne, ça nous met mal à l'aise. O.K., ai-je répondu, même si ça m'agace, les gens qui se tutoient *at first sight*.

On a traversé le pont de Palmarolle. Quel nom bizarre, Palmarolle. Ça ressemble à Porquerolles, cette île au large de Toulon. C'est là que mes parents se sont mariés dans les années soixante, et ils nous en ont rebattu les oreilles chaque fois qu'ils fêtaient leur anniversaire de mariage. Ma mère se vantait de s'être mariée à la sauvette, sans le consentement de ses parents, qui auraient trouvé étrange que leur fille ne convole pas à l'église. Ma mère disait, Ça ne se faisait pas au Québec dans ce temps-là, alors Raoûl et moi, on a pris les grands moyens, on s'est mariés civilement en France, à Porquerolles. Elle poursuivait en riant d'un air coquin, On voulait seulement avoir le droit de coucher ensemble n'importe où sans qu'on nous regarde de travers. Qu'est-ce qui te fait sourire comme ça ? m'a demandé Lucie. Je n'ai pas répondu, il aurait été trop long de lui expliquer que le mot *Palmarolle* me semblait plein de soleil.

J'ai demandé à Lucie si le paysage était plus beau en été. C'est différent, a-t-elle dit. Tu verras, le pont est bordé de jardinières multicolores, c'est magnifique. J'ai même une amie peintre qui donne des ateliers dans un champ de tournesols, comme dans les peintures de Van Gogh. Le ciel est si grand et si bleu, l'été, un ciel de Provence. Et il faudrait aussi que tu te rendes à l'île Nepawa, sur le lac Abitibi. Tu t'y promènes comme Isabeau dans la chanson, le long de son jardin, sur le bord de l'île, sur le bord de l'eau. Et voilà qu'elle se met à chanter d'une voix sûre et sereine. Je n'osais pas chanter avec elle. Tu ne connais pas cette chanson ? Tout le monde la connaît, voyons. Je ne sais pas chanter, je ne chante jamais. Une grosse mouche d'été s'est réveillée dans l'auto. Mais d'où vient-elle, celle-là ? Tue-la, tue-la, m'a crié Lucie. J'ai tenté de la tuer, mais je n'y suis pas arrivée.

Bon, a continué Lucie, à propos de l'île Nepawa, sa beauté est inconnue. Presque pas de visiteurs. C'est comme un écrin de silence. Mon ami Roger Pellerin y vit, il grave tout dans sa maison, un peu comme Villeneuve, le peintre naïf de Chicoutimi. Et puis le lac Abitibi, avec son eau opale, c'est comme une mer de lait. Je ne comprenais pas grand-chose à sa description bizarre, et c'est alors que je lui ai demandé ce qu'elle faisait dans la vie. De la photo, a-t-elle répondu. Depuis toujours. Je développe encore mes films dans une chambre noire, je déteste le numérique, on me prend pour un dinosaure. Je photographie tout ce qui me touche, je traîne mes appareils-photo partout. Tiens, je te prendrai en photo quand on arrivera à Val-Paradis. Non, Lucie, je ne veux pas, je ne veux pas laisser de traces.

La grosse mouche s'est placée dans le pare-brise, et j'ai tenté une autre fois de l'écraser. Rien à faire. Elle a repris du service, on l'entendait voler dans le silence. J'ai regardé Lucie, Se peut-il qu'il fasse trop chaud dans l'auto?

Au lieu de me répondre, Lucie a continué son analyse. On me prend pour un dinosaure, mais toi, Angèle, on pourrait penser que tu es une extra-terrestre. Pour elle, j'avais atterri au milieu de nulle part. Tes cheveux en broussaille, ton vieil anorak, tes yeux fous, a-t-elle poursuivi. Sa franchise m'a mise mal à l'aise même si je savais pertinemment que je n'avais pas l'air de quelqu'un de la place, avec mon air perdu. Au fait, d'où viens-tu? m'a-t-elle demandé. J'ai pris quelques instants pour réfléchir pendant que Lucie jouait avec les boutons du ventilateur. C'est vrai qu'il fait chaud, on va diminuer le chauffage. T'es pas obligée de me répondre, tu sais, Angèle. Je suis curieuse, c'est tout.

Je suis en transit. C'est ça, Lucie, je suis en transit de tout. Je sais à peine d'où je viens et je ne sais pas où je vais. Je n'ai pas de métier, pas de domicile, pas de famille, j'ai tout bazardé, même mon fils de quatorze ans. J'ai tout raconté à Lucie : que ma mère s'était occupée d'Alex depuis sa naissance, que j'avais essayé de vivre seule avec lui pendant deux ans, que j'avais abdiqué et que je l'avais plus ou moins donné à son père qu'il ne connaissait pas. La même rengaine, toujours, mon histoire qui fait des ronds comme un caillou mille fois lancé à la même place dans la mare.

Lucie n'a rien dit sur le coup. Puis elle m'a parlé de sa copine Simone qui comptait sur sa mère pour avoir soin du bébé qu'elle avait eu avec son ami cri. D'ailleurs, même si cet ami l'avait quittée, il revenait parfois la voir. Elle ne m'a pas dit son nom, elle est restée vague sur la fin de cette relation, mais elle a tout de même précisé qu'il avait déjà eu un fils avec une autre femme dans le Nord, fils qu'il avait abandonné à la naissance mais qu'il avait repris en garde partagée avant de se séparer de Simone. Simplement pour me montrer, disait-elle, que les choses ne sont pas toujours irréversibles, que tout n'est pas que blanc ou noir. Elle a ajouté, Quand c'est l'homme qui abandonne son enfant, on dirait que ce n'est pas si grave parce que c'est plus répandu, alors que, quand c'est la mère, ça nous fait grincer des dents. Ton fils est loin d'être un bébé, m'a-t-elle dit, c'est un grand ado, ce n'est pas un véritable abandon puisque son père s'en occupe. Je lui ai répondu que le problème restait entier, que je ne m'étais jamais vraiment occupée d'Alex et que j'avais pété les plombs à cause de son silence de violence qui me rendait folle. Folle.

J'ai alors perçu de l'effarement dans les yeux de Lucie. J'ai cru qu'elle allait arrêter la Toyota en plein centre de La Sarre, qu'elle me ferait descendre au coin d'une de ces rues larges comme des terrains vagues. Tu es certaine que tu veux aller à Val-Paradis ? Oui, très sûre, je tiens à revoir la famille de mon père, je veux savoir d'où je viens, à qui j'appartiens. On n'appartient à personne, tu sauras, Angèle. On n'appartient qu'à soi-même, c'est tout. Autrement on serait des esclaves. Alors, je suis esclave de moi-même, voilà ce que je lui ai répondu pendant que la voiture s'engageait sur une route droite où les fils téléphoniques s'alignaient dans le ciel comme une piste d'atterrissage sur la lune.

La grosse mouche est revenue en zigzaguant, comme soûle. Je l'ai écrasée, et j'ai dû essuyer ma main tachée de chiures et de sang.

CHAPITRE 12

Ma mère tout à coup. Pleine de chiures et de sang, c'est ainsi qu'elle devait être dans son auto la nuit dernière quand ils l'ont trouvée. Le téléphone sonne et résonne près de la fenêtre de la cuisine. Il fait maintenant tout à fait nuit. J'ai peur que ce soit de nouveau Ernest qui insiste pour que je parte à Montréal, et j'hésite si longtemps que le répondeur s'enclenche. Je ne reconnais pas la voix tout d'abord, puis j'entends López. Miguel ! Le père d'Alex ! Comme tu le sais déjà sans doute, la grand-mère de notre fils est morte la nuit dernière. Alex est inconsolable, je pense qu'il a besoin de toi. Rappelle-le chez moi au… Je n'écoute pas le reste, je sors de la maison en courant, j'ai besoin d'air. Je me rends compte que je suis toujours en robe de chambre. Mon cerveau tourne et tourne dans son carrousel de souvenirs. J'ai le goût de courir dans le noir, dans la tempête, d'aller rejoindre les épinettes au fond qui dansent dans le vent. Mais le froid me ramène à l'intérieur. J'ai peur et je tremble, je me rassois à cette table si grande tout à coup et je vois ma mère devant moi qui me dit, Tu n'aurais pas dû venir ici. La tête me tourne, je ferme les yeux et je ne vois plus ma mère. C'est normal, me dis-je, elle est morte. Je ferme les yeux de nouveau et, comme si je sortais d'un cauchemar, je me retrouve sur la route qui nous a emmenées à Val-Paradis, Lucie et moi, dans sa Toyota, ce matin de novembre 2002.

Nous sommes arrivées au village vers la fin de la matinée. Il y avait déjà une mince couche de neige sur les sapins rabougris au bord de la route. Nous n'avons plus parlé de mon fils, ni de mon père. Lucie a essayé de savoir d'où venait ma mère, mais je n'avais pas le goût de penser à elle, à sa famille que je n'ai pas connue parce qu'elle ne nous en parlait jamais, comme si elle était venue de nulle part. Ses parents sont morts quand elle était adolescente, asphyxiés dans leur auto. Elle nous a mille fois raconté cette mort lente et douce. Ils ne se sont aperçus de rien, c'est la plus belle mort, nous assurait-elle. Par une nuit froide de rafale, leur auto était restée prise dans un banc de neige. Le lendemain matin, on avait retrouvé ses parents dans les bras l'un de l'autre, le moteur roulant au ralenti, les fenêtres fermées. C'était des rêveurs. Ma mère terminait ainsi l'histoire de mes grands-parents maternels, et c'est tout ce qu'on a pu savoir d'eux. Elle avait aussi une sœur, morte en bas âge, dont elle ne parlait pas. Non, ma mère préférait aller jouer dans les plates-bandes de mon père pour dénigrer mes grands-parents paternels. Sans doute afin de combler un manque. Pour se venger, peut-être, de n'avoir aucune famille.

C'est ce que je racontais à Lucie quand nous sommes arrivées devant l'église de Val-Paradis. Impossible d'aller plus loin, a-t-elle dit, c'est le dernier village au bout de la route. L'auto s'est arrêtée devant la caisse populaire attenante à l'église, le meilleur endroit pour me renseigner sur mon oncle et ma tante. Lucie m'a griffonné à la hâte son numéro de téléphone à Rouyn-Noranda, chez elle, de même que celui de son amie Simone au dépanneur, au cas où je ne joindrais personne. Appelle-moi de toute façon, a-t-elle dit, pendant que je reprenais mon sac à dos.

J'ai fourré le bout de papier dans ma poche et je suis descendue au grand vent, seule dans la rue dénudée. Un panneau indiquait *Route rurale numéro un*. J'étais frigorifiée. J'ai un peu hésité avant d'entrer dans la caisse populaire. Bizarre, cette caisse attenante à l'église. Derrière l'un des guichets se tenait une caissière vêtue d'une robe vert fluo, stylo à la main, prête à toute transaction. Elle était seule dans le petit local, et je lui ai demandé si elle connaissait Normand Michon. Ma voix coupait le silence au couteau. Elle a tout de suite répondu qu'elle le connaissait bien, mais que les renseignements personnels étaient confidentiels. J'ai eu beau lui dire que j'étais sa nièce, que j'arrivais de Montréal et que j'aimerais bien aller voir mon oncle, rien à faire, elle se taisait. J'ai ajouté, Je crois qu'il habite avec ma tante, tante Magdelaine. Le visage de la caissière s'est éclairé. Il y a longtemps que Magdelaine n'est plus notre cliente, a-t-elle répondu, elle est partie il y a plusieurs années. Partie ? J'ai posé la question, croyant que *partie* voulait dire « morte ». Des gens disent qu'elle est à Rapide-Danseur, pas très loin d'ici, mais personne n'a plus entendu parler d'elle, à Val-Paradis. Puis, toujours en me tutoyant comme si nous avions été des copines d'école, la caissière m'a expliqué comment me rendre à Rapide-Danseur en passant par La Sarre et Gallichan. J'ai insisté, je lui ai demandé si mon oncle Normand habitait toujours ici. La dame en vert m'a répondu gentiment, sans doute troublée par mon désarroi, Oui, bien sûr, il a une maison juste au bout de la route, la dernière du village, à droite. Tu vas voir, c'est la seule en bardeaux de cèdre. Ton oncle ne sort presque jamais, je pense qu'il est malade.

Le temps gris diluait les contours des maisons, et, de loin, chacune d'entre elles semblait la dernière de cette longue rue en gravier. Je me demandais laquelle était celle de mon grand-père. J'avais le souvenir de sapins et de trembles autour de la véranda, mais le bâtiment qui se dessinait plus précisément devant moi n'était encadré d'aucun arbre. Sur le seuil de la porte, j'ai même hésité avant de sonner. Il y avait si longtemps que j'étais venue dans cette maison, et c'était pendant l'été. C'est normal que je ne reconnaisse pas la place, me disais-je, le cœur battant. J'ai appuyé sur la sonnette. Comme personne ne répondait et que j'avais les mains gelées, j'ai décidé de rebrousser chemin, me disant que de toute façon, mon oncle ne m'aurait pas reconnue après toutes ces années.

Au moment où je sortais de l'allée pour rejoindre la route de gravier, une voix de jeune fille m'a interpellée. Excusez-moi, ai-je dit, je me suis trompée, je voulais voir mon oncle. Et ton oncle, comment il s'appelle ? Normand Michon. T'es à la bonne place, c'est ici qu'il reste. C'est vraiment ton oncle, monsieur Michon ? Il ne m'a jamais dit qu'il avait une nièce. C'est vrai qu'il ne parle pas beaucoup. Viens, il est dans son bureau. Il n'aime pas qu'on le dérange, mais là, sa nièce, c'est spécial. Moi, c'est Johanne, je suis sa préposée.

Je suis restée dans le vestibule mal éclairé pendant que la jeune fille, engoncée dans un jean moulant (préposée mon œil, me suis-je dit), courait dans l'escalier de bois tout écaillé. À mi-chemin, elle s'est retournée, et ses longs cheveux auburn ont flotté autour d'elle. Ton nom ? Angèle. Suis-moi, Angèle. Je n'ose pas, j'ai dit, je vais plutôt attendre ici. Dites simplement à mon oncle que j'aimerais le voir.

Au bout de quelques instants, un homme dans la soixantaine avancée, les cheveux poivre et sel, assez costaud, est descendu péniblement, s'appuyant sur Johanne. Tu parles d'une surprise, a-t-il ronronné, toi, Angèle, pas possible ! Il n'arrêtait pas de sourire. Évidemment qu'il ne me reconnaissait pas. Tu étais si petite, dit-il en s'approchant de moi pour m'appliquer un gros baiser sur la bouche. J'ai reculé et je me suis essuyée, ce qui a eu pour effet d'effacer sur-le-champ le grand sourire de mon oncle. Ma mère détestait qu'on l'embrasse sur la bouche et elle ne pouvait sentir Norm à cause de ça. Il embrasse mouillé comme un vieux mononcle libidineux, disait-elle. Quel bon vent t'amène, Angèle ? Tu n'avais pas un petit gars, toi ? Me semble qu'il est déjà venu ici avec Raoûl, il y a quelques années. Comment il s'appelait, donc ? Alex. Ah oui, Alex, je me rappelle.

Il a continué sur sa lancée. Par nervosité, sans doute. Et puis ta mère, comment elle va? Elle me déteste, puis pas à peu près, celle-là, de dire Normand. C'est réciproque, d'ailleurs. C'est pour ça que je ne suis pas allé aux funérailles de ton père. Je ne voulais pas lui voir la face, à elle. Elle est trop snob.

Il s'est ensuite tu, pensif, ce qui m'a permis de lui dire que je venais lui rendre visite, comme ça. Il a détourné son regard pour dire qu'il faisait un temps de chien, que l'hiver arrivait trop vite, qu'il avait beaucoup de travail. Comme il s'accrochait à Johanne pour remonter les escaliers, je lui ai demandé sur quoi il travaillait. L'air surpris et contrarié, il a répondu, Ton père ne te l'a jamais dit? Je fais du dessin, je dessine des cartes du Nord, de la région de la Baie-James, tout ça. On a des beaux ponts couverts pas loin d'ici, sur la rivière Turgeon, je m'occupe de les dessiner pour les faire connaître. Le pont des Souvenirs… Avant j'étais fonctionnaire, mais depuis que j'ai pris ma retraite, je travaille à mon compte. Si tu veux, tu peux t'installer ici un ou deux jours, arrange-toi avec Johanne, elle peut te préparer une chambre. Mais je t'avertis, je suis très occupé. Alors, excuse-moi. Johanne, donne-moi un coup de main pour remonter. Tu pourras aider Angèle à s'installer si elle veut rester.

J'ai vu dans les yeux sceptiques de Johanne qu'il était préférable de ne pas accepter l'invitation de mon oncle. D'ailleurs, il poussait déjà la jeune fille vers les escaliers, sans même m'avoir saluée. Mon instinct m'ordonnait de décamper, mais je tenais quand même à lui demander des nouvelles de tante Magdelaine. Ah, ne me parle pas de celle-là! Ton père ne te l'a pas raconté? Non, as-tu son adresse, mon oncle? Non, puis je ne veux pas l'avoir. De toute façon, c'est tout petit, Rapide-Danseur. Une église en pierres des champs, quelques maisons ici et là, un pont, des rapides en dessous, c'est tout. Tu vas la trouver facilement si jamais c'est vrai qu'elle reste là. Des Magdelaine Michon à Rapide-Danseur, il ne doit pas y en avoir des tonnes! Des Magdelaine avec un *g* et un *a*, c'est rare en titi.

Vieux grincheux cartographe, c'est ce que je me disais en retournant vers la caisse populaire. C'était pourtant un homme gentil et plutôt effacé, il me semble, c'est le souvenir que j'avais gardé de lui. Mais quel hurluberlu il est devenu! De lui me vient peut-être mon côté extra-terrestre. J'ai repris le bout de papier que m'avait donné Lucie pour lui téléphoner chez son amie Simone. La caissière à la robe verte était toujours seule avec son stylo. Elle m'a annoncé, l'air désolé, qu'il n'y avait pas de téléphone public dans la caisse et qu'elle n'était pas autorisée à me laisser utiliser le sien. Mais tu peux aller au restaurant là-bas, rue des Richesses. Là tu trouveras.

Des plumettes de neige se soulevaient sous mes pas, éclairant le gris souris du ciel bas. Mon oncle a raison, me suis-je dit, l'hiver s'est installé pour de bon, la nuit tombera bientôt, au milieu de l'après-midi. Il me fallait trouver une place où dormir le plus vite possible.

En entrant dans le restaurant, j'ai senti jusqu'aux os cette chaleur odorante et un peu humide de la soupe qui mijote, des frites grasses et des hamburgers. Les quelques clients dans la salle m'ont tous regardée, et je me suis assise à la première table en attrapant un grand menu que j'ai dressé devant mon visage. Qui peut bien être cette fille avec son sac à dos? Leur question traversait comme un scanner la carte plastifiée du menu.

La serveuse m'a apporté un café bouillant dans une main, le napperon et les ustensiles dans l'autre. Qu'est-ce qu'on peut te servir? L'assiette du jour, c'est un spaghetti. Bon, va pour un spaghetti. La soupe du jour avec ça? C'est compris dans le menu, une soupe à l'alphabet. Oui, je veux bien, merci. Il était deux heures de l'après-midi, et il y avait longtemps que les œufs au miroir de l'hôtel Albert ne me soutenaient plus. Quand la soupe fumante a atterri devant moi, je me suis sentie protégée tout à coup, la première fois depuis des lunes. Seule au monde au bout de la route, toute cette chaleur, toute cette paix qui m'avaient tant manqué, je les retrouvais. Mon cerveau s'est dilaté, j'ai pensé que la vie prenait un tournant, et j'ai avalé d'un trait ma soupe pleine de lettres qui, je l'espérais, formeraient des mots bienveillants dans mon estomac.

Ça fait longtemps que t'es à Val-Paradis? m'a demandé la serveuse. Non, quelques heures. Tu es venue pour le concert? Quel concert? Demain, à l'église, un orchestre va jouer un opéra. Un opéra? Oui, *Pierre et le Loup*, c'est le titre de la chanson. C'est Fanfreluche qui chantera la chanson. Fanfreluche? Oui, tu sais, Kim Shoskaya, voyons, c'est pas Shoskaya, c'est quelque chose comme ça, tu sais, Fanfreluche à la télévision dans

La Boîte à Surprise, t'as dû voir ça, toi aussi? Non, je ne regardais pas beaucoup la télévision quand j'étais petite, sauf *Passe-Partout*. Voyons, Rénald, a dit la serveuse en se retournant vers la table de messieurs qui regardaient constamment dans ma direction, c'est quoi, le nom de l'actrice qui va venir avec l'orchestre demain? Kim qui? Kim Yaroshevskaya, Connie, ça fait dix fois que je te le dis. Est-ce que je rêvais? Kim Yaroshevskaya à Val-Paradis avec un orchestre qui jouerait *Pierre et le Loup*? Ma mère l'avait bien connue, elle nous en parlait souvent. Connie est allée chercher une affichette identique à celle que j'avais vue distraitement à la caisse populaire. La preuve, a-t-elle dit. En effet, il était clairement annoncé que le lendemain il y aurait *Pierre et le Loup* par l'Orchestre symphonique régional, avec Kim Yaroshevskaya comme récitante. J'étais si surprise que j'ai pensé téléphoner à ma mère pour lui demander comment elle avait connu Kim Yaroshevskaya. Je ne l'ai pas fait, évidemment.

C'était un éclair comme ça, un tout petit instant. Et maintenant je me dis que je ne pourrai plus jamais penser à l'appeler, même un tout petit instant. Est-ce que ça changera quelque chose, cette impossibilité de la joindre à jamais?

Dans le couloir des toilettes, j'ai vite repéré le téléphone public pour appeler Lucie au dépanneur. Comment puis-je vous aider? a demandé la petite voix. Bonjour, ai-je dit, Lucie m'a donné votre numéro. Ah! c'est Angèle, j'imagine, Lucie pensait bien que tu nous donnerais de tes nouvelles. Tu peux venir quand tu veux, tu sais où c'est ? J'habite en haut, tu peux dormir chez moi. Route numéro un. Pas loin de la caisse populaire. J'ai raccroché, mon cœur battait fort. Moi qui craignais de me perdre dans le Nord, voilà qu'une inconnue m'offrait le gîte sans même me connaître.

J'ai passé deux jours magnifiques chez Simone. Son petit était tranquille et rond comme un bouddha. Le lendemain de mon arrivée, Simone a tout fermé pour que nous puissions, Lucie, le bébé, elle et moi, aller au concert. Le village entier était présent, les vieux, les jeunes, tous endimanchés comme à la messe, pendus aux lèvres de Kim Yaroshevskaya qui récitait avec fantaisie et charme cette histoire de forêt symphonique. Les cors venaient me rejoindre à pas de loup, la flûte voletait comme un oiseau perché, le hautbois se dandinait, le basson nous interpellait de sa voix de grand-papa, la clarinette jouait au chat. Cette musique, je la connaissais pour l'avoir entendue chez moi enfant. Ma mère nous faisait écouter des « classiques ». Ces séances forcées d'opéras et de concertos à numéros nous répugnaient, à Ernest et moi ; on se bouchait les oreilles en essayant de penser à autre chose.

Je voudrais aussi me boucher les oreilles et penser à autre chose qu'à la mort de ma mère aujourd'hui, dans la cuisine de Magdelaine. Le téléphone me fixe, je devrais rappeler Miguel, parler à Alex. Je devrais, je devrais, je devrais. Je n'en fais rien, mon esprit vagabonde malgré moi et retourne à Val-Paradis, dans cette modeste église-caisse populaire, transportée par cette musique, solidaire de tous les paroissiens. Que le concert ne s'arrête jamais, c'est ce que je souhaitais de tout mon cœur cet après-midi là. Aux dernières notes, pendant que les gens ovationnaient les musiciens, je suis restée assise, incapable de bouger, pensant à mon fils Alex qui refusait le peu que je lui offrais, comme moi je m'étais blindée contre ce que mes parents m'avaient offert. Alex aimerait-il cette musique de Prokofiev dont ma mère l'avait sans doute gavé autant que de nourriture? S'il était avec moi aujourd'hui sur ce banc d'église, ce qui est une impossibilité absolue, mais imaginons, me suis-je dit, qu'il est près de moi, il ne dirait rien, je ne saurais rien. Je n'ai jamais rien su de lui, de ce qu'il pensait, même les rares fois où on s'est assis ensemble sur le canapé pour regarder des vidéos de *Star Wars*. Je l'ignorais comme on ignore son frère ou sa sœur quand on regarde ensemble les nouvelles à la télé. À part me détester, a-t-il d'autres pensées, d'autres sentiments? Il ne se connaît peut-être pas lui-même, peut-être qu'il a besoin d'être seul lui aussi, comme je suis seule maintenant, sans ma mère pour me dire quoi faire, quoi dire, quoi écouter. Ma mère ne m'impose plus rien, je ne m'impose plus rien et j'essaie de m'ouvrir au monde. Ma mère est ma vie antérieure, une page tournée. J'ai un présent, donc un avenir, c'est ce que je me disais en m'extirpant des aventures de *Pierre et le Loup* à l'église de Val-Paradis, le troisième jour suivant mon arrivée en Abitibi.

CHAPITRE 13

Ma mère était déjà morte en moi bien avant de mourir pour de vrai, écrasée contre son arbre de la rue de Rouen. C'est pourquoi je ne pleure pas. Le deuil de ma mère s'est accompli cette fois-là dans l'église de Val-Paradis, le deuil de ce qu'il y avait de meilleur en elle, de sa capacité de nous projeter dans l'art, de nous enseigner l'envers des choses, de refuser le *main stream* de la vie. En écoutant Prokofiev, j'ai compris aussi que c'était un piège, et que ma mère nous enfermait paradoxalement dans son monde tout en nous enseignant ses chemins de liberté totale. Le non-conformisme pur et dur est une exigence quasi religieuse. Un cloître dont on ne peut s'échapper. Avec ma mère, impossible de se relâcher, de se permettre un instant d'être comme ces gens qui sont comme tout le monde, qui ne cherchent pas à être uniques et qui font leurs achats chez Walmart. À force de vouloir être absolument libre, on se barricade. Il n'y a que la musique pour exprimer de telles contradictions. Une harmonie dans les discordances.

Le téléphone se remet à sonner, et cette fois je décroche. Allô Angel, c'est Ray. Il fait trop mauvais pour prendre la route, j'ai finalement décidé de rester à

Rouyn. J'ai vu Brian, on a mangé ensemble au Pizzédélic tout à l'heure, il va bien, tu sais. Je suis au chaud, au motel Deville. Je réponds tout simplement que c'est O.K., et Ray enchaîne, Hé, hé, Angel! On dirait que tu me caches quelque chose. Es-tu malade? Je lui assure que non, que tout va bien, qu'il n'a pas à s'inquiéter. Bonne nuit, Ray. Je raccroche rapidement de peur qu'il y ait d'autres questions. Je suis collée à ma chaise, toujours attablée devant ce café gris et froid. Une énorme mouche dorée se réveille. Qu'est-ce qu'elles ont toutes, ces mouches, à m'asticoter? J'ai le goût de la tuer, mais je n'ai plus d'énergie, je la gracie, elle passera l'hiver au chaud.

Je voudrais m'agripper à quelque chose, sortir de la mélasse. L'église de Val-Paradis revient prendre toute la place dans ma cervelle, qui tourne en rond comme la grosse mouche dorée dans ses tentatives d'atterrissage sur la nappe. Les souvenirs font des triples axels dans ma tête. Les musiciens ont plié bagage en rigolant. Lucie a tapé sur mon épaule, Ils vont fermer, Angèle, c'est le temps de partir, Simone nous attend. Kim Yaroshevskaya avait les pommettes en feu. Autour d'elle, les gens de Val-Paradis s'animaient encore dans le portique de l'église quand nous sommes sorties. Le bébé de Simone dormait dans son traîneau. C'était tout blanc, comme à Noël, et la neige tombait doucement. Quel divin concert, j'ai dit. C'est normal que ce soit divin, on est à l'église, a crié Simone en s'engageant sur la route. Nous avons couru derrière elle, Lucie et moi. Vite, il faut rouvrir le dépanneur, on ne peut pas fermer trop longtemps!

Pour accéder à l'appartement de Simone, il fallait traverser tout le magasin et monter un grand escalier à pic, un peu comme celui de mon appartement à Montréal. Quand Simone faisait son quart de travail au dépanneur, c'est sa mère qui gardait le bébé. Mais ce jour-là, c'était inscrit dans la vitrine : Fermé pour cause de concert, de retour vers 16 h. En mettant la clé dans la porte, Simone a dit, C'est bizarre, on dirait que la serrure a été forcée. Lucie a répondu, Peut-être par la seule personne qui n'assistait pas au concert ! En riant, Simone m'a tendu son bébé, Peux-tu t'en occuper deux minutes, le temps d'ouvrir ma caisse, voir si tout y est ? Tout y était, fiou, et Simone a demandé à Lucie de la remplacer en attendant que sa mère arrive. J'ai enfoui ma tête dans la couverture pelucheuse du petit mousse qui sentait le savon Baby's Own, mais il s'est mis à hurler. C'était l'heure de la tétée, et il fallait le changer. Simone me l'a enlevé, et j'ai pensé qu'elle ne me faisait pas confiance, que sans doute Lucie lui avait raconté que j'étais inapte. Mais je n'ai rien dit.

L'odeur délicate du bébé me rappelait celle d'Alex, seul souvenir que j'ai gardé de lui après l'accouchement. Si ma mère ne s'était pas emparée d'Alex, je l'aurais sans doute donné en adoption. C'est ce que j'aurais dû faire, mais je suis restée muette et aussi paralysée qu'aujourd'hui dans cette cuisine, avec la mort de ma mère qui me souffle dans le cou. Cette fois-là, à Val-Paradis, dans l'appartement de Simone, le petit Philémon dans mes bras, je me triturais les méninges en silence. Alex aurait-il été plus heureux si je l'avais donné en adoption pour de vrai, à de vrais étrangers?

Simone a enfin consenti à ce que je m'occupe du bébé pendant qu'elle préparait le repas. Nous étions là, Philémon et moi, seuls dans la pénombre du salon attenant à la cuisine. Je ne me rappelais pas avoir donné un biberon à mon fils. Où étais-je? Où étais-je?

Simone a allumé la lampe, brisant notre torpeur. Son bébé s'est mis à pleurer très fort, et elle m'a dit de lui tapoter le dos, Il a besoin de faire un rot, allez, mon Philou, ça va passer. Ma gorge s'est nouée, puis Lucie, avec sa bonne humeur, a détendu l'atmosphère. Allô tout le monde! La mère de Simone l'avait remplacée en bas, contente, avait-elle dit, de permettre à sa fille et à ses amies de passer une soirée tranquille. Lucie m'a regardée avec étonnement. J'ai deviné que le biberon la surprenait, mais je n'ai pas voulu insister, et pour me donner une contenance j'ai changé de sujet en commentant le prénom de Philémon. Je sais que c'est un prénom rare, a répondu Simone, j'ai voulu compenser pour le nom de famille trop commun. Des Gagnon, il y en a partout. Lucie trouvait que *Philémon Gagnon* rimait un peu trop à son goût, que Simone aurait pu faire un effort: Ozias, Joachim, Gargantua, tant qu'à y être! Nous avions le fou rire toutes les trois. Moi qui n'avais jamais eu d'amies, ni de sœurs, ni de cousines, j'étais là, bien à l'aise, un bébé dans les bras, à dire des niaiseries en compagnie de Simone et Lucie. Venez dans la cuisine, a dit Simone, la table est mise, Philémon va dormir.

La cuisine de Simone! Touffue, délirante. Des trucs de bébé : chaise, biberons, jouets. Un berceau, même, comme autrefois, judicieusement placé entre les ronrons du lave-vaisselle et ceux du frigo. Dans un coin, près de la cuisinière, une commode rose bonbon, les tiroirs pleins de casseroles et d'ustensiles en vrac. C'est moins cher que des armoires Ikea, a dit Simone. Pour compléter le capharnaüm, sur des tablettes s'entassaient sacs de riz, petits pots de bébé, tasses et assiettes dépareillées, boîtes de conserve. Pas de chichis. Au milieu, une table bancale sur laquelle Simone avait mis une nappe fleurie un peu froissée, c'est tout. J'ai pensé à ma mère, qui n'aurait pas pu supporter ce fatras, et du coup j'ai été déstabilisée. Un instant, j'étais relaxe dans la cuisine de Simone, et l'instant d'après une inquiétude indéfinissable m'envahissait. Ma mère aurait dit, Comment va-t-elle pouvoir élever son enfant, elle qui n'arrive même pas à ranger ses assiettes ?

Simone a installé Philémon dans le petit berceau. C'est bien d'avoir congé, s'est-elle exclamée. Je n'aurai pas à courir. Tout en servant son poulet marengo bien fumant, elle nous a expliqué que, quand sa mère n'y était pas, elle devait, à l'arrivée d'un client, prendre Philémon dans ses bras et se précipiter dans les escaliers pour atterrir derrière son comptoir et faire un grand sourire, Bonjour, comment puis-je vous aider ? Elle aimait également que Lucie lui rende visite parce qu'elle n'avait pas besoin de transbahuter son bébé chaque fois que s'amenait un client.

Lucie adorait le petit, c'était évident. Son appareil-photo toujours prêt, sa grosse lentille pour saisir le moindre sourire de Philémon, elle le photographiait tout le temps, même au moment où il sombrait dans le sommeil. Un enfant qui dort, c'est comme le ciel de Val-Paradis, c'est ce qu'elle a dit en le mitraillant sous tous les angles. Viens t'asseoir, a dit Simone, ça va refroidir. La chaleur du plat ne se photographie pas. Toi et ton appareil… Ça te donne tous les pouvoirs, comme si tu mettais la vie en conserve pour l'éternité. Tu te rappelles quand on s'est rencontrées la première fois?

Les deux filles se sont mises à raconter leur histoire, se coupant la parole toutes les deux phrases. C'est ainsi que j'ai appris qu'elles s'étaient connues, par un de ces hasards de la vie, à Radisson. En les écoutant, j'avais l'impression d'avoir atterri dans un pays étranger, j'étais à des lunes d'imaginer que j'irais un jour dans cette ville fabriquée de toutes pièces par Hydro-Québec, très au nord, près de la baie James. Lucie avait un contrat de quelques semaines et logeait à l'auberge Radisson, un genre d'hôtel sur mesure pour accommoder les travailleurs des barrages de LG2. Même au milieu de la taïga, à mille kilomètres du premier Canadian Tire, une fois entré dans cette imitation inouïe d'un hôtel Gouverneur, un fonctionnaire pouvait croire qu'il logeait dans une ville du Sud.

Un grand soir de mouches noires, Lucie avait décidé de fuir la chic salle à manger de l'auberge pour se payer un hamburger au resto du village. Un couple était là, en grande discussion, et la femme a prononcé très fort le mot *Val-Paradis*. L'homme, cheveux longs noués à la nuque, essayait de calmer la femme qui répétait, Pas question, tu ne m'auras pas.

Simone rouspétait, Ce n'est pas tout à fait comme ça que ça s'est passé, voyons, Lucie! Attention, tu vas réveiller Philémon, tu parles trop fort! Entre deux verres de vin, Lucie y allait de son sens de l'image et me décrivait la scène dans ses moindres détails. Les cheveux noir jais, les yeux en amande, la peau lisse et basanée, cette femme aurait pu être une Crie, a dit Lucie, mais il y avait quelque chose dans ses gestes qui faisait penser qu'elle n'était pas amérindienne, quelque chose de vague et d'inexplicable, dans son accent, dans son assurance. Quand je suis allée payer mon addition, j'ai osé les aborder, ça me titillait trop. Je suis photographe professionnelle, c'est ce que je leur ai dit, a continué Lucie, j'aimerais vous prendre en photo, m'en donnez-vous la permission? La femme aux yeux en amande, qui était Simone (je l'avais deviné), a protesté.

Lucie a poursuivi son récit, la bouche un peu molle, le vin aidant à pousser plus loin la confidence. Simone avait refusé net, donc, arguant qu'elle n'avait pas l'habitude de se faire photographier comme ça, que n'importe qui verrait qu'elle n'est pas maquillée, rien. C'est pour mon plaisir, avait répondu Lucie, ce ne sera pas publié, je vous trouve beaux, tous les deux, c'est tout. Je pourrais faire comme les paparazzis, utiliser mon zoom ni vu ni connu, mais je préfère demander la permission aux gens, ça devrait vous rassurer. En fait, avait continué Lucie en hésitant, je vous ai entendus mentionner le nom de Val-Paradis, et c'est plus fort que moi, je ne peux m'empêcher de vous dire que je viens de l'Abitibi et que je connais bien Val-Paradis. Le regard de Simone était passé du fiel au miel en une seconde, si bien que Lucie en avait oublié sa photo.

Cette histoire pleine de recoupements m'étourdissait. J'avais sommeil, et j'ai déclaré que j'allais me coucher. Lucie a pris une grande gorgée de vin et m'a regardée droit dans les yeux en me disant, Ça ne t'intéresse pas, nos affaires, hein ? Je me suis un peu ressaisie, Mais oui, Lucie, maintenant que tu as commencé, continue. Simone est allée border Philémon, qui dormait la tête au pied de son petit lit. Simone bâillait très fort, et même si elle avait sans doute entendu bien des fois cette histoire, elle est revenue s'asseoir, une tisane fumante dans les mains, et a pris le relais de Lucie. Je me suis excusée, a dit Simone, tout en t'expliquant, chère Lucie, que je n'aimais pas me faire aborder par une inconnue, surtout en pleine tempête de couple.

Quelques phrases plus tard, comme il arrive souvent chez les Abitibiens qui font connaissance, Simone et Lucie s'étaient trouvé des amis communs. Puis, Simone avait présenté à Lucie son compagnon de table. C'est Ray, *c'était* mon chum, avait dit Simone en appuyant sur le *ait* de l'imparfait. Tu peux nous prendre en photo si tu veux, immortaliser notre rupture imminente près du poteau indicateur au milieu de nulle part.

Dans la cuisine de Val-Paradis, il y avait du temps pour le silence, pour l'attention au moindre roucoulement de Philémon, pour la discrétion. Elles me connaissaient à peine, mais elles ne me posaient pas trop de questions du genre « Combien as-tu de frères ? Où es-tu allée à l'école ? Où travailles-tu ? » Non, rien de cela. J'étais une intruse transplantée dans un lieu à la fois familier et étranger. Même si je n'étais venue dans ce village qu'une seule fois longtemps auparavant, c'était comme si je revenais chez moi après une longue absence. Moi, la solitaire invétérée, je me sentais tout à fait à l'aise dans la cuisine abracadabrante de Simone, ayant l'impression de rendre visite à la grand-mère bien-aimée que je n'avais jamais connue.

Lucie a continué longtemps son monologue. Elle a parlé de ce fameux poteau indicateur, poteau que j'ai moi-même eu la chance de contourner quand, par la suite, j'ai travaillé à Radisson. Impossible de le rater, disait-elle, toutes proportions gardées, c'est l'équivalent du mât olympique à Montréal. Autour du poteau sont indiquées toutes les destinations du monde, de Mexico à Moscou en passant par La Sarre, comme pour dire au visiteur esseulé sous le ciel du Nord que tout est égal sur terre, que les distances ne différencient même plus les peuples.

CHAPITRE 14

Je crois m'être assoupie quelques minutes en me rappelant ce fameux poteau de Radisson. La sonnerie du téléphone me fait sursauter et je me précipite. Trop tard, le répondeur s'enclenche. C'est Ernest et ses reproches. Je ne comprends pas pourquoi tu ne réponds pas, Angèle, pourquoi tu ne viens pas m'aider, je suis tout seul pour m'occuper du salon funéraire, tu pourrais avoir un peu de reconnaissance pour ta mère qui t'a tout donné, qui a tout fait pour toi, sans-cœur, comme le disait maman. Je ne la croyais pas, mais maintenant je la crois. Tu es une sans-cœur, ma sœur. Ton fils a besoin de toi, viens-t'en, tu vas toujours manquer le train.

Il est tard, très tard, tout est noir, la tempête ne dérougit pas, la neige est à la hauteur de la fenêtre de la cuisine. Je monte dans la chambre, je me mets au lit même si je suis à peu près certaine de ne pas dormir. Ernest est comme ma mère, me dis-je, c'est une machine à culpabiliser, il ne comprend pas que je ne peux pas partir d'ici, que ma tête tourbillonne, que mes jambes sont engourdies. Personne ne peut comprendre ça.

Radisson, mon petit moteur qui tourne en rond me ramène à Radisson, et à Chisasibi non loin de là, à cette belle année que j'ai passée là-bas avec Ray. Sentiment étrange d'être au centre de soi-même tout en n'étant nulle part, comme dans la mort. Qui a eu l'idée originale d'afficher le kilométrage entre Radisson et les grandes capitales du monde, Rome, San Francisco, Tokyo? Lucie avait posé cette question à Simone dans le petit resto en face de l'auberge Radisson. Ray, l'ex-amoureux de Simone, avait répondu, Ah! tu ne sais pas que Radisson est le nombril du monde, bien seul et bien sec sur le ventre de la taïga?

Dans la cuisine de Simone à Val-Paradis, je ne me doutais pas que, quelques mois plus tard, je deviendrais l'amoureuse de Ray. Lucie parlait de sa rencontre avec Simone dans le petit resto de Radisson, c'était simple comme la conversation des gens qui se connaissent depuis toujours, dans les familles ordinaires peut-être. Elles auraient pu être mes sœurs. Ça doit rire ensemble, des sœurs. Nous avons tellement ri du poteau nombril du monde que Philémon s'est réveillé avec un grand sourire, ses deux petites incisives bien en vue.

Lucie nous a raconté ensuite, en chuchotant pour que Philémon se rendorme, qu'avant de rencontrer Simone à Radisson elle était souvent venue à Val-Paradis prendre en photo la Voie lactée, les soirs d'été. Pour attraper des étoiles filantes, elle avait passé des nuits complètes sans dormir, hypnotisée par les champs de galaxie. Lucie s'est emportée dans ses descriptions du ciel, des trémolos dans la voix. Simone et moi ne disions pas un mot, entièrement sous le charme de Lucie, qui s'est vite ressaisie, Ah oui, j'oubliais, la séance de photos de Radisson a finalement eu lieu parmi des nuées de mouches noires.

C'est à ce moment, j'imagine, que Lucie et Simone sont devenues sœurs du Nord. Plus tard, quand nous avons commencé à vivre ensemble à Chisasibi, Ray m'a expliqué pourquoi il discutait si fort avec Simone ce soir-là. C'est toujours la même histoire, m'a-t-il dit, les femmes que j'aime viennent vivre quelque temps avec moi pour voir à quoi ressemble la vie dans un village autochtone. Puis, quand elles se rendent compte que ce n'est pas si différent de la vie de bungalow dans n'importe quel autre village isolé, elles veulent que je retourne au sud avec elles, comme toi, Angel, tu m'as demandé de faire quand ta tante Magdelaine est morte. Je n'aimais sans doute pas assez Simone pour revenir avec elle à Val-Paradis et devenir employé de dépanneur. J'avais autre chose à faire parmi les miens, défendre nos rivières contre le harnachement, revoir mon fils qui avait grandi sans moi, chasser comme l'avait fait mon père à son petit campe. Ce soir-là à Radisson, a poursuivi Ray, quand Lucie nous a surpris en pleine discussion, je venais de demander à Simone de s'installer avec Brian et moi à Chisasibi. Elle a refusé net, elle avait sans doute peur de mon ado qu'elle ne connaissait pas. On dit tant de choses sur nos ados, qu'ils sniffent de l'essence, qu'ils se suicident, qu'ils décrochent. C'est vrai, il y en a beaucoup qui font ça, mais il y en a aussi qui vont à l'école et qui deviennent des professeurs, des avocats, des infirmières, comme ailleurs. Impossible de la convaincre.

À ce moment-là, c'est tout ce qu'il m'a dit à propos de sa rupture avec Simone, mais j'ai compris par la suite qu'il avait besoin de son air, de sa forêt, de sa *koukoume* même. Mais Ray est aussi un Cri qui a voyagé, et je sais qu'il a besoin parfois d'aller au sud, de voir des amis, de se fondre dans la foule des passants.

L'hiver dernier, alors que nous étions dans le petit campe de son père loin dans la forêt, bien installés près de la truie, son beau petit poêle à bois monté sur quatre pieds, Ray m'a avoué qu'il y avait un autre problème entre lui et Simone. Le soir de la rencontre avec Lucie à Radisson, un irritant de taille a surgi parmi les mouches noires. Simone venait de lui annoncer qu'elle était enceinte et qu'elle avait décidé de garder le bébé. Je n'en voulais pas, de ce bébé, Angel. Je lui ai laissé Philémon pour elle toute seule, comme ton Miguel t'a laissé Alex, sans doute parce qu'elle ne me donnait pas l'espace qu'il me fallait pour être le père que je voulais être, qu'elle m'imposait ses impossibles conditions.

Plus tard, Ray a changé ses explications, il m'a avoué qu'il ne voulait pas de cet enfant parce qu'il était clair pour lui depuis quelque temps qu'ils allaient se séparer pour de bon. Mais dans la tête de Simone, ça n'a jamais été clair, qu'ils étaient séparés. Quand je lui ai dit que j'irais tout de même voir Philémon de temps en temps, a poursuivi Ray, elle a tout de suite espéré qu'on allait revenir ensemble. Chaque fois que je suis allé les voir, elle m'a supplié de rester à Val-Paradis. Les yeux baissés, la voix chevrotante, il a ajouté, Je ne sais pas pourquoi, Angel, je ne sais pas pourquoi, mais je ne pouvais pas retourner vivre avec Simone, élever l'enfant qu'elle avait décidé de garder, je ne m'en sentais pas capable. Je n'ai pas pu m'occuper décemment de mon fils Brian quand il était petit, c'est mon ex-femme, Doris, et sa *koumoume* qui en ont pris soin. Il n'y a que toi, Angel, à qui je peux dire une telle chose sans me faire juger, tu comprends ?

Ces confidences de Ray, je les ai reçues après qu'on a commencé à vivre ensemble, à la fin du printemps 2003.

CHAPITRE 15

Le vent siffle à travers la fenêtre de la chambre. Dire que nous dormons dans la chambre de Magdelaine et Nicole, dans leur lit fleuri… Ray trouve que la couette fait trop fifille, qu'on devrait la changer. Il a raison, mais pour moi cette couette est un doudou, et j'aime croire qu'elle me protège de tout. Chaque soir quand je me glisse dans notre lit douillet, je me colle sur mon Ray tout chaud et je pense que rien ne peut m'arriver. Ray et Magdelaine sont mes vrais parents. Cette maison bénie m'a vue naître il y a deux ans. Je dis bien « naître », parce qu'auparavant je menais une vie d'acarien. Tiens, il y a *rien,* dans *acarien.* Rien.

Je n'arrive pas à dormir, je pense à ma mère. Vivante, elle avait disparu ou presque de mon existence. Morte, elle revient me hanter. L'imaginer inerte m'est intolérable, elle bougeait tout le temps, un grand remous, elle bouillonnait comme le rapide Danseur sous le pont du village. Souvent je me promène près de la petite église en pierres des champs et, quand je passe sur le pont, je me penche vers la rivière qui s'énerve. Toujours ce siphon qui me ramène en arrière, à Val-Paradis, alors que je ne connaissais pas encore Ray.

Le deuxième soir chez Simone, après *Pierre et le Loup*, j'ai soudain eu besoin de changer d'air. J'ai dit comme ça, Si tu veux bien m'emmener avec toi, Lucie, j'aimerais aller à Rapide-Danseur voir ma tante Magdelaine Michon. Hein? Magdelaine Michon est ta tante? Je la connais bien, a dit Lucie. Moi aussi, a enchaîné Simone. Mais elle ne m'a jamais parlé de toi. Il y a longtemps que je l'ai vue, ta tante Magdelaine, elle sera ravie de nous voir. Il paraît qu'elle trouve les journées longues depuis la mort de son amie Nicole. Chaque fois que je retourne chez moi, de Val-Paradis à Rouyn, je fais un crochet par Rapide-Danseur pour la saluer. Bien sûr que je te dépose chez elle.

J'étais à la fois décidée et hésitante, craignant que tante Magdelaine, qui n'avait jamais parlé de moi, ne m'accueille aussi froidement que mon oncle Normand. Personne, même pas mon père, ne m'avait dit que Magdelaine n'habitait plus Val-Paradis. Peut-être que ton père ne le savait pas non plus, a dit Lucie. Simone a ensuite déclaré, Ta tante coiffait ma mère, c'était la coiffeuse officielle de tout le village ou presque, et je l'aimais tellement. J'ai eu beaucoup de peine quand elle a quitté Val-Paradis il y a dix ou douze ans. Aujourd'hui, je vais la visiter de temps en temps. Son histoire a fait scandale, c'est pour ça qu'elle est partie. Elle a commis un crime? Il lui est arrivé un malheur? Non, pas de crime, un grand bonheur. Pour elle seulement. Les autres n'ont rien compris.

Comme si Philémon pouvait nous entendre, Simone a baissé le ton pour me raconter que tante Magdelaine avait dû quitter Val-Paradis à la hâte. Son frère Norm l'avait surprise à embrasser Nicole dans le petit champ derrière la maison et lui avait fait une de ces crises épouvantables, la traitant de fifine, lui enjoignant de décamper le plus tôt possible de sa maison, du village, de l'Abitibi, de la terre entière. Philémon s'est réveillé pour de bon, ce qui a arrêté abruptement les confidences. Nous l'avons pris à tour de rôle dans nos bras pour qu'il se rendorme, mais sans succès. Il avait les yeux ronds comme des billes et surveillait nos moindres gestes. Mais il ne pleurait pas, ce qui a permis à Simone de m'en apprendre un peu plus sur ma tante.

Oh, a continué Simone, le reste est classique. Norm s'est empressé d'appeler le mari de Nicole, qui ne se doutait de rien. Sans trop discuter ni essayer de comprendre, semble-t-il, ledit mari a montré la porte à sa femme, et c'est ainsi qu'elle a rejoint ta tante Magdelaine à Rapide-Danseur, dans cette maison déglinguée qu'elles ont rafistolée. C'est maintenant une très jolie maison, tu verras. Accueillante. Chaque fois que j'y vais, c'est comme un baume. Je suis sûre que ta tante n'en croira pas ses yeux, de te revoir après tant d'années.

On s'est assises sur le canapé toutes les trois, une espèce de vieux crapaud de velours bordeaux dans lequel on s'enfonce comme dans de la guimauve. Et toi, Angèle, as-tu eu une peine d'amour pour t'être enfuie comme ça? Vas-tu revoir ton fils? Penses-tu souvent à lui? Je n'arrivais pas à trouver les réponses, je bredouillais des *je ne sais pas, je vais voir*. À la fin ça m'a exaspérée, les deux filles ont dû s'en apercevoir, et elles ont lâché prise. Toujours me revenait cette idée que les autres me pensaient folle. Je le suis peut-être, me suis-je dit. J'ai fini par déclarer que j'avais besoin de retrouver mes racines, mon espace. O.K. ? On comprend. Bonne nuit, Angèle, dors bien, m'a dit Simone. Le canapé était vraiment trop mou, la couverture de laine ancienne sentait la naphtaline, mais ce n'était pas le temps de faire ma princesse au petit pois. Noyée dans les coussins, je me suis finalement endormie en regardant les faux palmiers qui cohabitaient avec le mini-sapin de Noël tout décoré.

Au réveil, les filles m'ont dit que Philémon avait beaucoup pleuré pendant la nuit. Il fait ses dents, sans doute, ai-je avancé pour dire quelque chose, j'ai assez bien dormi quand même. Un piano mécanique que je n'avais pas remarqué la veille trônait dans un coin du salon, envahi par des fougères, abandonné. J'aurais voulu l'actionner, qu'il joue n'importe quel morceau *honky tonk,* ou encore des chansons anciennes, *Parlez-moi d'amour, You Are my Destiny.* L'odeur des toasts et du café m'a fait sortir du lit. Pour mon estomac dans les talons, ça tombait bien.

Pendant cette dernière matinée passée à Val-Paradis, la maison de Magdelaine m'a été longuement décrite. Elle était dans un état pitoyable, cette maison, a dit Simone, tu ne peux pas savoir à quel point. Jamais je n'aurais déménagé dans une telle cabane. Personne n'en voulait depuis longtemps, d'ailleurs, les fenêtres étaient même barricadées avec des pans de *plywood,* le toit fuyait, il y avait du chiendent qui poussait devant l'évier de la cuisine, c'est dire. Au fil des ans, Nicole et ta tante l'ont rénovée de leurs propres mains, même si ni l'une ni l'autre n'avait touché à un marteau de sa vie. Elles ont pris des cours de menuiserie, de plomberie, d'électricité, *name it,* à l'école Polymétier, à Rouyn. Le reste, elles l'ont appris sur le tas. Le dimanche, des gens de la place passaient devant chez elles en auto pour voir les menuisières travailler. C'était une attraction touristique, un spectacle de cirque, genre femme à barbe, tu vois?

Je suis allée aux funérailles de Nicole, a ajouté Lucie, il y a environ deux ans. C'était triste à mourir, il n'y avait pas grand monde dans la petite église en pierres des champs, les touristes du dimanche avaient disparu. Même si les deux femmes étaient très discrètes sur leur relation, le curé s'est contenté de dire la messe sans faire d'éloge funèbre. Dans les villages dits éloignés, la rumeur survole des kilomètres à la vitesse de l'éclair et finit par avoir des proportions insoupçonnées. Un peu comme une tornade qui prend du volume et de la force en avançant, tu imagines. Mais personne ne les a jamais rejetées à Rapide-Danseur. Les gens faisaient juste semblant de ne pas les voir.

Tu devrais appeler tout de suite ta tante Magdelaine pour lui annoncer ton arrivée, a dit Simone, autrement, elle sera estomaquée. Il y avait des années que j'avais vu ma tante, plus de vingt ans peut-être. Je préférais justement lui faire la surprise. J'ai dit à Simone, Il se peut qu'il fasse très mauvais, je changerai peut-être d'idée, je vais voir… Lucie et Simone se sont exclamées,

Changer d'idée ? J'ai compris, à leurs sourcils en accents circonflexes, que je ne pourrais plus revenir sur ma décision.

Philémon, surpris par le ton de voix qui montait, a décidé de se refaire les poumons pendant que la radio crachait les nouvelles. Le ronron de la guerre qui tue des civils en Afghanistan et d'un groupe d'Ontariens gagnant des millions au Lotto 6/49 a eu raison du bébé, qui s'est finalement endormi.

En sortant, j'ai cherché mon porte-monnaie dans mon sac à dos, mais Simone a deviné mon manège. Si tu veux revenir, ne cherche pas tes sous, veux-tu ? Un jour, c'est toi qui hébergeras quelqu'un, c'est la chaîne, c'est comme ça. Comment fait-elle, Simone, toute seule avec son enfant, presque sans revenus, pour être aussi sereine et joyeuse ? Quel est son secret ?

Il avait sans doute neigé toute la nuit. On aurait dit ce matin-là que l'hiver avait décidé de s'imposer pour de bon. Penses-tu qu'on pourra se rendre à Rapide-Danseur, Lucie ? Il me semble que c'est un peu risqué, non ? Pour toute réponse, Lucie m'a lancé en riant, Aide-moi, déblaie ton côté, veux-tu ? Ce n'est pas deux ou trois flocons qui vont nous empêcher de partir, j'en ai vu d'autres. C'est tout près, Rapide-Danseur, et on pourra toujours dormir chez ta tante Magdelaine si le temps se gâte. Les deux ou trois flocons se multipliaient de façon exponentielle, les rafales de neige avaient couvert tout un côté de l'auto. Entrons, tu vas voir, on va foncer là-dedans.

Nous avancions lentement dans les ornières que

traçait un énorme camion devant nous. À Duparquet, notre éclaireur a bifurqué, et nous nous sommes retrouvées sur la ligne de front, toutes les deux penchées au-dessus du tableau de bord à scruter la route. Nous pouvions à peine distinguer la chaussée des accotements, et je me demandais à chaque instant comment Lucie parviendrait à deviner la route à suivre. Tout à coup, j'ai aperçu un panneau. J'ai crié, Rapide-Danseur, on y est ! Non, Angèle, il en reste encore un petit bout, ne t'en fais pas, je connais le chemin par cœur. Tu peux te reposer, j'ai la situation bien en main. On dirait que tu es plus nerveuse que moi. C'est vrai que j'étais inquiète, pas seulement de la route, mais de ce qui m'attendait. Revoir ma tante, c'était comme faire ressusciter mon père. Il me faudrait aussi expliquer à nouveau pourquoi j'étais partie, pourquoi j'avais largué mon fils. Je ne savais plus si j'avais pris la bonne décision. Je ne savais plus rien.

Lucie me faisait la conversation d'une manière tellement douce et affectueuse que je me suis mise à pleurer. J'ai fouillé dans mes poches, je ne trouvais pas de mouchoir. Il y a des kleenex dans la boîte à gants. Pleure, Angèle, pleure. Ça va te faire du bien, tu vas voir. Ne regarde pas la route, on n'est plus très loin.

Je me suis recroquevillée sur la banquette et j'ai fini par me calmer. Puis, Lucie a viré à droite dans un petit rang qu'elle reconnaissait. Au bout de quelques minutes, elle a déclaré, On est arrivées, ma chère Angèle. J'ai un GPS dans la tête, tu vois ? C'est ici qu'habite ta tante Magdelaine. La maison se profilait dans le blanc laiteux de l'horizon ; à mesure qu'on avançait dans l'entrée, on percevait la grande galerie qui enrubannait la maison. On s'est arrêtées près d'une sorte d'igloo. C'est la vieille Escort de Magdelaine, a dit Lucie, elle n'a pas eu le temps de la dégager.

Une fois le moteur éteint, on est restées assises, un peu engourdies par toute cette blancheur. Tu dois être bien fatiguée, a dit Lucie. Tous ces coups de frein que tu as donnés pour m'aider ! Et on a éclaté de rire. J'ai dit, Je suis comme ma mère, merde, je conduis à la place du chauffeur. Je pense qu'on n'ira pas plus loin aujourd'hui, a enchaîné Lucie. Allons, on passe par la véranda derrière. Magdelaine condamne son entrée principale l'hiver.

Je n'arrivais pas à m'extraire de l'auto, j'étais animée par la certitude que ma vie allait changer. Effrayée, aussi, parce qu'au moindre geste, au moindre pas, tout deviendrait plus clair, et il me serait impossible de revenir en arrière. La maison, la grande galerie, la forêt au loin qui dansait dans la bourrasque, tout cela agissait comme un aimant sur moi. Je ne pourrai plus jamais partir d'ici, c'est ce que je pensais quand Lucie a frappé dans la vitre de l'auto. Hé, Angèle, bouge un peu !

Nous avons couru vers la véranda. Avant même que nous puissions frapper à la porte, Magdelaine nous avait ouvert. Je vous ai vues arriver de loin, entrez, il fait un temps de chien. Impossible d'établir un lien entre cette femme devant moi et la tante Magdelaine de mon enfance. Elle a tendu les bras à Lucie. Quelle bonne idée tu as eue, ma belle Lucie. Il y a si longtemps ! En déblayant mon allée ce matin, je pressentais que j'aurais de la visite. Donnez-moi vos manteaux. Venez. Et c'est à ce moment que nos regards se sont croisés. Je vous connais ? C'est tout ce qu'elle a dit, de façon distraite, en accrochant nos parkas. Les joues toutes rouges, les yeux pétillants, elle gambadait comme une petite fille. Lucie m'a prise par la main, un sourire en coin. Magdelaine, arrête un peu que je te présente. C'est ta nièce Angèle.

CHAPITRE 16

Angel, Angel, réveille-toi, réveille-toi! Je vois Ray penché sur mon visage. Tu cries dans ton sommeil, maman, maman, comme dans un cauchemar. Ray, mais qu'est-ce que tu fais là? Tu n'es pas à Rouyn? C'est le matin, Angel. J'y étais, j'ai dormi là, tu te rappelles? Il faisait trop mauvais pour prendre la route. Oui, c'est vrai, Ray, je me suis endormie. Des fois je ne sais plus si je rêve ou non. Tu rêvais de ta mère? Sa question m'est arrivée en plein cœur. J'ai pensé, Ma mère est morte pour de vrai, ce n'est pas un rêve, c'est la réalité. Angel, qu'est-ce qui se passe? Je vois des choses dans tes yeux, une brume, un nuage. Tu me caches quelque chose? Non, Ray, ce n'est rien. Laisse-moi dormir un peu encore. Encore? Il est presque onze heures! Bon, comme tu veux, je descends te préparer du café. Ray? Quoi? Oh, rien, rien.

Merde, pourquoi ça ne sort pas? Pourquoi? Il va bien falloir que je la vomisse, cette mort. Comment ai-je pu m'endormir? Ça n'a aucun sens, je dois descendre immédiatement, dire à Ray que j'ai appris hier la mort de ma mère. Toutes ces morts, toutes ces morts qui restent en moi, qui me collent à la peau. Mon père, Magdelaine, ma mère. Je ne veux plus que ces morts macèrent en moi, je veux mourir. Comment mourir ? Tante Magdelaine, ma vraie mère, je veux rester dans ton cocon, ne plus jamais en sortir. Revoir en boucle ton sourire, la tendresse avec laquelle tu m'as embrassée dans l'air glacé de la véranda, ton excitation cette fois-là de me revoir après tant d'années.

Angèle, ma nièce ? Non, non, non, mais je ne t'aurais jamais reconnue en cent ans, jamais de la vie, la dernière fois que je t'ai vue tu avais dix ans à peine. Je me rappelle comme si c'était hier, quand tu es venue à Val-Paradis avec ton père, je t'avais coiffée. Tu es si belle. Dieu, c'est-y pas possible, le cœur va m'arrêter. Elle s'ébrouait comme un chiot qui revoit son maître après une longue absence. Nous étions figées, Lucie et moi, devant cette virevolte d'enfer.

Viens que je t'embrasse. C'était la première fois de ma vie que quelqu'un me faisait une telle étreinte, si enveloppante. Mais vous devez avoir froid, a fini par dire Magdelaine, se ressaisissant un peu. J'allais manger, justement, entrez dans la cuisine. Elle a enlevé son grand châle crocheté qui couvrait un tee-shirt immense et un jean serré. Dans mon souvenir de petite fille, elle portait des robes sans manches, avait les cheveux crêpés et se juchait sur des talons hauts. Ce midi-là de nos retrouvailles, sa frange et ses cheveux courts et raides, blond-blanc, lui donnaient un look très décontracté. Juvénile, même.

Magdelaine a rajouté nos deux couverts en caquetant et en nous entraînant dans le tourbillon de sa bonne humeur. Vous n'aurez qu'une omelette ce midi, mais je me reprendrai ce soir, ça se fête, mon unique nièce qui vient chez moi après toutes ces années ! Tiens, je vais faire dégeler mes lièvres, une minute, je reviens. Elle s'est engouffrée dans l'escalier menant au sous-sol et en est remontée presque aussitôt avec un énorme paquet. Ça, ce sont des lièvres que je prends au collet, je les fais mijoter avec du porto blanc, des tomates séchées et de la coriandre fraîche. Vous restez quelques jours, j'espère ? Lucie a répondu qu'elle devait repartir dans l'après-midi, mais que, si le temps ne se réparait pas, elle demanderait l'hospitalité. Que je te voie reprendre la route par un temps pareil, Lucie ! C'est trop dangereux, ils l'ont dit à la télévision.

Un téléviseur énorme, jouxtant un énorme piano, éclairait un coin de la salle à manger, comme un personnage loquace. J'ai dit, Vous jouez du piano, Magdelaine ? Lucie ne lui a pas laissé le temps de répondre, Bien sûr que Magdelaine joue du piano, à l'oreille, comme si elle avait toujours appris. Tu lui demanderas de te jouer du Scott Joplin, c'est comme si c'était lui au piano. Alors, Angèle, a poursuivi Magdelaine, si je comprends bien, tu restes plus longtemps ? Euh… j'aimerais bien, oui, si ça ne vous dérange pas trop. Arrête-moi les *vous* et les *ma tante*. Appelle-moi Magdelaine, a-t-elle dit en m'appliquant un baiser sonore sur la joue. J'ai reculé malgré moi, et Magdelaine s'est mise à rire. Petite farouche, va. Non seulement ça ne me dérange pas, mais ça me fait plaisir de vous avoir toutes les deux. Depuis le temps que je parle au mur et que je réponds à la télévision, ça me fera changement de jaser avec du vrai monde. Vous pourrez vous installer dans les chambres à l'étage. C'est un miracle que vous soyez là, je me sens si seule depuis la mort de… Elle a hésité. Je suis au courant de la mort de ton amie, Magdelaine. Simone à Val-Paradis m'a tout raconté. Je suis désolée. Magdelaine a baissé les yeux. Merci, Angèle. Bon, c'est prêt… Elle a commencé à nous servir son omelette un peu baveuse, juste à point, qui dégageait un parfum d'oignons et de persil. J'aurais voulu l'embrasser à mon tour, mais j'étais paralysée. Quoi dire? Je me suis toujours demandé comment les gens font pour trouver les phrases qui conviennent quand il s'agit de l'amour ou de la mort. Comment nommer le mystère? J'accepte ton invitation pour dormir ici ce soir, a dit Lucie.

Comment vont tes parents? Depuis le temps que je n'en ai plus entendu parler. Papa est décédé le printemps dernier, ça m'est sorti d'une traite. Magdelaine, devenue très pâle, a murmuré, C'est vrai que j'ai coupé tous les ponts, c'est de ma faute si je n'ai rien su. Puis elle a pleuré sans même me demander de quoi il était mort. Elle répétait, C'est de ma faute, c'est comme ça. Elle a ouvert une bouteille, Il faut boire, c'est la seule chose à faire, les filles. Et toi, Angèle, parle-moi de toi.

Nous sommes restées des heures à table dans cet après-midi de lenteur extrême, pendant lequel j'ai dû raconter au compte-gouttes mon histoire. Magdelaine nous resservait du vin à mesure que nos verres se vidaient. J'avais la bouche molle à la fin et je me sentais ventriloque, comme si je défilais la vie d'une étrangère. Était-ce bien moi, cette fille qui avait eu un fils dont elle ne s'était pas occupée, qui était partie sans laisser d'adresse? Je me voyais de l'extérieur, d'un autre point de vue. J'ai pensé tout à coup que j'aurais dû me suicider, que tout aurait été plus facile et que je n'aurais plus eu de comptes à rendre à qui que ce soit, à commencer par moi.

Mon départ de Montréal, quand je le racontais, me paraissait une scène de film. J'allais mourir, encerclée de vide, et j'ai choisi de vivre. Pour vivre il me fallait fuir, absolument. A-t-on le droit de fuir quand on va mourir? Tout devenait confus. La tête me tournait et, vers la fin de l'après-midi, quand la nuit est tombée, brutale, je me suis mise à pleurer. Magdelaine n'a rien dit, m'a aidée à sortir de table et m'a accompagnée à l'étage. Tu seras bien ici, Angèle, reste tant que tu veux.

Je me suis assise au bord du grand lit couvert d'une couette à fleurs blanches et roses. Magdelaine est revenue presque aussitôt avec des serviettes moelleuses. Fais une bonne sieste, m'a-t-elle dit, tu as besoin de repos, essaie d'oublier, tout finit par s'arranger. Je me suis affalée sur le lit, j'ai entendu Magdelaine et Lucie chuchoter en bas quelques minutes, des bruits de vaisselle, le sifflement du vent, puis j'ai sombré.

CHAPITRE 17

Voilà Ray qui me crie de descendre. Ah, laisse-moi encore un peu de temps, Ray, je suis fatiguée. O.K., une demi-heure, pas plus. J'ai dû sommeiller douze heures *on and off,* pourtant je ne sais plus si j'ai vraiment dormi. Entre deux eaux, peut-être. Comme ce premier matin chez Magdelaine où je somnolais, n'osant pas trop bouger. La maison était encore froide quand le jour a percé à travers les rideaux de dentelle. Mais si je n'osais pas descendre dans la cuisine, c'était pour une raison tout à fait contraire à celle qui me cloue au lit aujourd'hui. Ce matin, j'ai honte de n'avoir rien dit. Ce long retard que j'ai pris à annoncer à Ray la mort de ma mère me coupe les jambes. Il y a deux ans, ce qui m'avait arrêtée, c'était la honte d'avoir trop parlé, d'avoir étalé ma vie devant Magdelaine, qui me connaissait à peine et qui me sommait de descendre goûter à son pain doré. J'avais joué à la morte, lisant en gloutonne ses vieux *Paris Match* qu'elle gardait sur la table de chevet. Le va-et-vient des princesses et des rois de ce monde m'avait fait oublier que j'avais des comptes à rendre à la vie.

Il avait fallu, pour que je me décide enfin, que

Magdelaine me crie de descendre déjeuner avec Lucie avant son départ, ce que j'avais fait malgré mon malaise. Mais aujourd'hui, rien à faire, mes jambes sont sous anesthésie locale, mon cerveau tourne et tourne et tourne, me ramène sans cesse vers ce premier matin chez Magdelaine. Le vent se tenait tranquille et, tout comme aujourd'hui, le ciel avait bleui, s'était débarrassé de tous ses nuages de la veille. Nous avions mangé notre pain doré presque en silence toutes les trois, puis Lucie était repartie après m'avoir donné son numéro de téléphone. Appelle-moi quand tu veux, tu n'es plus seule, maintenant, et Rouyn, c'est seulement à une heure de route. Magdelaine était ensuite remontée à l'étage, et j'étais restée un long moment attablée devant mon café. Le silence avait repris le dessus, à peine perturbé par le bruit des pas pressés de ma tante. Qu'est-ce que je suis venue faire ici? Pourquoi Magdelaine m'a-t-elle à peine adressé la parole ce matin? Je lui fais peur, sans doute, c'est ce que je pensais.

Je suis sortie dans le froid, l'air vif m'a pincé les joues, j'aurais pu figer là comme une sculpture de glace. Après quelques minutes j'avais du mal à respirer, mes poumons n'étaient pas assez grands pour absorber une telle quantité d'oxygène. Au moment où je rentrais, Magdelaine descendait les draps de Lucie. Prends-toi un autre café, si tu veux. Tu as tout ton temps, il n'y a pas grand-chose à faire ici. C'est tout ce qu'elle a dit, puis elle a enfoncé le linge dans la lessiveuse. Elle a ensuite agrippé son anorak et elle est sortie en disant qu'elle allait au dépanneur chercher du lait et quelques petites bières. Pour qu'on jase longtemps ce soir, a-t-elle ajouté en riant. Je me suis demandé de quoi elle voulait me jaser. Pourquoi me fuit-elle ? Est-elle vraiment contente de m'héberger ? Je n'ai plus le choix, me suis-je dit, il faut que je bouge. Je ne peux pas rester comme ça le reste de ma vie, à niaiser chez ma tante à Rapide-Danseur. Le ronron de la lessiveuse me tapait sur les nerfs, mes méninges se faisaient brasser en même temps que les draps mouillés.

Magdelaine est revenue environ une heure plus tard et m'a offert de prendre les skis de Nicole. C'est vrai que le temps était beau et la neige, parfaite pour la randonnée. Mais comme je n'avais jamais fait de ski de ma vie, je n'aurais pas su comment me tenir debout sans tomber. J'ai poliment décliné l'invitation en prétextant que les skis n'étaient sûrement pas adaptés à ma taille. Magdelaine a insisté pour que je l'accompagne. Les skis allaient me convenir, elle connaissait un beau sentier facile. Tu vas voir, tu vas aimer ça, m'a-t-elle assuré.

Je n'ai pas eu la force de refuser, malgré la catastrophe appréhendée. Même en terrain plat, j'ai réussi à tomber plusieurs fois, ce qui faisait rigoler Magdelaine, Angèle, tu dois apprendre à te relever. Quand on sait comment tomber, plus rien ne nous fait peur. Elle a eu raison : j'ai pu la suivre pendant plusieurs mètres, vivifiée à chaque détour par ses *Tu vas voir, tu vas même aimer ça.*

Tu vas voir, tu vas voir. Facile à dire. Ma tante vivait comme elle respirait. À la fois légère et sérieuse, dans un mélange de douceur et d'énergie. Rien ne l'atteignait, et elle trouvait le temps de faire avec minutie la moindre des tâches domestiques. Tout avait la même importance pour elle : préparer un sandwich, jouer du piano (pour de vrai, elle jouait des airs jazzés de Scott Joplin comme si elle les avait composés), nettoyer la cuisinière, lire le journal trois jours en retard, peindre une moulure, ourler un pantalon, parler au téléphone, faire ses courses. Elle m'a servi des repas gastronomiques, son lièvre à la coriandre, magnifique, sa longe de caribou avec sauce au cassis, tous ces plats que ma mère aurait dénigrés, elle qui ne jurait que par la cuisine française, coq au vin, rôti de bœuf à la ficelle. Ma mère avait en horreur ce qu'elle appelait la « viande autochtone » (pour ne pas dire le mot *sauvage,* mot discriminatoire, laid comme un juron, disait-elle).

Magdelaine s'était engagée depuis des lunes dans la voie de l'autosuffisance tranquille. J'aurais voulu lui proposer de l'aider, mais j'étais paralysée, engluée dans l'ouate de l'hiver de Rapide-Danseur. Magdelaine disait, Repose-toi, dors, quand tu seras mieux je te montrerai à cuisiner. Moi qui savais à peine faire cuire des nouilles, je ne voyais pas le jour où j'aurais pu devenir marmiton. Les après-midi, je m'ébrouais comme un caniche émergeant d'une longue sieste et, accompagnée de ma tante, je sortais faire du ski dans les bois striés de pistes de motoneige. Ou bien j'allais seule à pied au village, m'appuyer sur le parapet du pont et contempler jusqu'à m'y perdre les remous de la rivière Duparquet.

Magdelaine ne m'assaillait pas de questions concernant mon fils abandonné, mes études jamais finies. Elle me parlait surtout de mon père. Tu me fais penser à mon frère, me disait-elle. Même quand il était enfant, il aimait partir à l'aventure sur son tricycle, se sentir seul au monde. On ne savait jamais où il était ni ce qu'il faisait, et personne ne s'en inquiétait puisqu'il revenait juste à temps pour les repas, ponctuel comme un homme d'affaires. Après son bac au collège de Rouyn, on n'a plus eu de nouvelles de lui pendant plusieurs années. Il nous a rappelés quelques années plus tard pour nous dire que tu étais née, qu'il s'était marié avec ta mère Anita, qu'il nous a présentée une fois et dont on n'a jamais su d'où elle sortait.

Personne n'était préoccupé, personne n'a essayé de le retrouver. On ne s'inquiétait pas dans la famille. Ce que j'ai compris, à force d'entendre Magdelaine, c'est qu'elle ne considérait pas sa famille comme étant une vraie famille. Ma grand-mère Michon (un peu comme ma mère, au fond) ne vivait que pour les autres, les pauvres de Val-Paradis, et elle avait décidé que son fils Raoûl, à partir du moment où il avait quitté la maison, n'avait plus besoin d'elle. Laissez donc Raoûl tranquille, disait-elle, on ne va pas commencer à le rechercher, il a un diplôme, il est vacciné, il peut gagner sa vie. Pourquoi s'inquiéter de lui alors qu'il y a tant de démunis qui ont besoin de nous? On n'avait pas Internet dans ce temps-là, a dit Magdelaine, pas de courriel facile. Rien que la bonne vieille poste et le téléphone. Et puis, le beau Raoûl, ton père avec un accent circonflexe, quand il était jeune, n'était pas en très bons termes avec ton grand-père. Pour une question d'argent, parce qu'il en empruntait tout le temps. Mon père lui a coupé les vivres après qu'il a appris, on n'a jamais su comment, que Raoûl s'achetait du hasch ou du pot au lieu de manger convenablement. Entre parenthèses. Tante Magdelaine farcissait ses histoires de plusieurs *entre parenthèses,* comme pour souligner l'aspect inédit ou secret de ce qu'elle me racontait.

Quand mon père avait annoncé à sa famille qu'il s'était marié et qu'il avait eu une fille, ma grand-mère avait changé d'attitude et s'était mise à attendre des téléphones de Montréal. Il allait finir par revenir, emmener la petite, qu'on la connaisse. Mon père a quand même mis plusieurs années avant de m'emmener à Val-Paradis. Dix ans. Trop tard, a ajouté Magdelaine, ta grand-mère était morte, mais tout le temps qu'elle a vécu, elle t'attendait en pestant contre ta mère. Anita l'a détourné de nous, disait-elle à propos de Raoûl.

Magdelaine suppliait sa mère de ne pas excuser mon père. Elle considérait qu'il s'était laissé faire, qu'il aurait pu agir en homme libre et donner de ses nouvelles de temps en temps. Ton père était influençable, a dit Magdelaine, comme bien des hommes, qui sont des indigents des sentiments. Ils peuvent construire des gratte-ciel, mais ils sont parfois incapables de dire *je t'aime* à leurs enfants, à leur femme. Des pourvoyeurs dépourvus.

Pourtant, c'est plutôt mon père qui m'a donné de l'affection, plus que ma mère. Il parlait souvent de sa famille, mais c'est vrai que ma mère avait l'art de tout ridiculiser, sa belle-famille, Val-Paradis, l'Abitibi, le gibier, moi, sa fille. Raoûl et Anita ont voulu créer une famille de camarades avec qui ils comptaient changer le monde. Ils luttaient pour le partage des richesses, les politiques sociales. Quant à mon frère Ernest et moi, nous étions des électrons libres, nous n'avions pas de comptes à rendre à la maison, sauf en ce qui concerne les bonnes manières à table. Un certain temps, pendant la révolution culturelle chinoise, ma mère a voulu nous retirer de l'école, croyant que nous apprendrions à lire, à écrire et à compter tout seuls. Nous ne faisions rien d'autre que de regarder la télé. Ma mère, pourtant si disciplinée dans son travail, ne s'occupait pas de nous. Pour ne pas nous déformer, disait-elle. Mon père s'absentait souvent pour assister à des réunions, ses fameuses réunions d'En lutte.

Parfois, mon père en avait assez, il voulait tout plaquer, vendre la maison pour aller s'établir sur une terre en Abitibi et devenir cultivateur, ce qui enrageait ma mère. Il avait la nostalgie de l'Abitibi. Vous lui manquiez, ai-je dit à Magdelaine. L'Abitibi, pour Raoûl, c'était vous aussi, même s'il ne vous faisait pas signe. Mon père s'est laissé manipuler par ma mère, mais nous nous sommes tous fait manipuler, y compris Alex. Il ne s'en est jamais sorti, elle l'a tenu en laisse jusque dans sa mort. Elle était forte, ma mère, c'était la plus forte. On ne pouvait pas s'en douter, a répliqué Magdelaine, les lèvres tremblotantes. C'est fini maintenant, elle n'a pas pu l'empêcher de mourir.

Ma mère ne me manquait pas du tout. Au contraire, jusqu'à hier matin, jour de sa mort, je me disais que j'en étais bien débarrassée. Il y avait long-temps que je l'avais fait mourir en moi. C'était comme un meurtre téléguidé. Je ne lui manquais pas, sans doute, parce que les vivants ne manquent pas aux morts. Elle ne me manque plus, je ne lui manque plus. Final bâton.

CHAPITRE 18

Ce meurtre à distance me tourne dans la tête encore quand, finalement, je descends rejoindre Ray. Il me regarde d'un drôle d'air, il n'est pas fou, il sait bien que j'ai quelque chose à cracher. *Come on,* Angel, tu ne files pas, dis-moi ce qui te chicote. Tu veux te séparer? Tu veux que je parte? Si tu continues tes cachettes, je vais commencer à me sentir de trop. Non, Ray, ce n'est pas ça, non. C'est juste que… c'est juste que… ma mère est morte. Voilà, tu le sais maintenant. Donc, c'était ça, le téléphone? dit Ray. Il devient tout rouge. Puis tu ne m'as rien dit? Tu t'en fiches que ta mère meure? C'est ça? C'est la première fois qu'il élève la voix depuis qu'on est ensemble et ça me fait frémir.

Je ne sais quoi répondre, j'ai peur et je m'apprête à remonter. Non, Angel, ne te sauve pas, reviens ici, me dit Ray en serrant les dents. Il voit sûrement que je tremble et il veut me rassurer. Qu'est-ce qui se passe dans ton petit cœur, dans ta petite tête? Il se dirige vers moi, mais je me sauve dans la salle de bains, la seule pièce qui se ferme à clé. Et là, je vomis, je vomis, je vomis. Je m'assois sur le bord de la baignoire, épuisée. J'entends la porte qui claque. Je me dis, Je ne verrai plus jamais Ray, qu'est-ce que je viens de faire là ? Maudite mère, même morte, tu peux encore me voler mon amour. Arracheuse de cœurs, c'est ce que tu as toujours été, que tu seras toujours.

Après quelques minutes, je reviens dans la cuisine déserte et je m'installe à la place où s'assoyait Magdelaine, devant la fenêtre qui donne sur le petit bois derrière. Quand elle vivait, nous étions là, seules toutes les deux, comme si le reste du monde ne pouvait nous atteindre. Souvent, elle jouait du piano, des notes saccadées et douces, qui agissaient comme un baume. Rien que des notes dans le cristal de l'après-midi.

J'entends le bruit d'un petit moteur au loin, je vois la neige jaillir comme un geyser derrière la rangée d'épinettes. Ray a décidé d'aller déblayer la piste de ski derrière, il est allé se calmer les nerfs. Je n'ai ni soif ni faim, tante Magdelaine est peut-être encore dans sa chambre, elle descendra faire mon petit déjeuner en fredonnant, ma mère n'est pas morte, j'ai tout rêvé, je vais me réveiller.

Tout est emberlificoté, je n'arrive pas à arrêter le carrousel : Magdelaine, Ray, Lucie, ma mère se télescopent dans mon cerveau. Magdelaine chante *En passant par la Lorraine avec mes sabots, Marie-Madeleine et son petit jupon de laine, La belle Françoise longué, Isabeau s'y promène.* Elle me parle de mes grands-parents et de mon père.

Nous étions bien toutes les deux, Magdelaine et moi. Sa voix me calmait, peu importe de quoi elle parlait, du temps qu'il faisait, de sa vieille Escort toute rouillée qu'elle voulait faire repeindre, des sentiers de randonnée à découvrir, de son toit qui coule chaque année au printemps. Tu ne me croiras pas, me disait-elle, mais je serais capable de refaire mon toit toute seule. J'observais mon père quand il faisait de la menuiserie, de la plomberie, de l'électricité. Ça sert à ça, les pères, à montrer aux filles comment se débrouiller toutes seules dans la vie. C'est vrai que j'ai suivi des cours aussi, avec Nicole... Puis elle se taisait.

La vie lui coulait au bout des doigts. Avec Magdelaine, tout était simple, limpide, comme la musique de Scott Joplin. C'était un peu comme ça avec Ray quand nous étions à Chisasibi. J'ai pensé, Tiens! Ils se ressemblent, ces deux-là. Ils n'exigeaient rien de moi. Aucune pression. Ne me sentir aucune obligation me donnait de l'énergie.

Tranquillement, après une longue période de léthargie (de catatonie, aurait dit ma mère), j'ai accompagné Magdelaine dans ses tâches quotidiennes, et ça m'a amusée. Tu vois cette pâte, me disait-elle, quand on la pétrit, quand on enfonce nos mains dans ce coussin de farine, c'est un baiser du ciel. C'est cet hiver-là que j'ai réussi à faire ma première tarte au sucre. T'es bonne à marier, m'avait-elle dit en me félicitant. Mais ne te marie pas! On est mieux toutes seules, personne pour nous dire quoi faire. Tu vois, j'ai perdu Nicole, mais je ne sens pas de vide, elle est toujours en moi, je lui parle tous les jours. Plein de gens restent ensemble contre leur gré, collés par l'argent, le remords, la famille, le qu'en-dira-t-on. L'habitude aussi, peut-être.

Avec Ray, tout se passe en douceur. Je n'avais jamais vécu avec un amoureux, je n'avais jamais vécu seule. Sauf quelques béguins nés sur Internet qui n'ont même pas abouti à un rendez-vous en chair et en os, il n'y avait eu dans ma vie personne d'autre que mon fils bâillonné. Pas d'amis du tout. J'ai voulu de toutes mes forces me marier avec Miguel quand j'étais enceinte d'Alex, mais il est resté avec sa femme, qu'il disait ne plus aimer. Échec et mat. Avec Ray, c'est différent, c'est comme si on s'était toujours connus. La vie est facile avec lui, peut-être parce qu'il me laisse nager dans mon eau, qu'il ne cherche pas à me sauver à tout prix. Son regard ne me crie pas que je suis folle.

Noël, Noël, mon premier Noël à Rapide-Danseur, il y a deux ans. Les signes avant-coureurs de Noël se sont manifestés dès le début du mois de décembre. Autour de l'église en pierres des champs, des sapins, des guirlandes de lumières de toutes les couleurs, une grande crèche et une meute de rennes au nez rouge gonflables ont fait une apparition miraculeuse.

Je n'osais pas demander à Magdelaine ce que nous ferions pendant les fêtes, je pensais à Alex. Un peu à ma mère aussi, qui aimait tant Noël. Passer Noël sans elle m'effrayait, elle savait insuffler de la magie à ces jours-là. Alex me semblait plus léger quand il contemplait de ses yeux tristes les lumières qui clignotaient dans les branches du sapin. J'essayais de chasser ces souvenirs, de peur que l'envie me prenne de retourner à Montréal en vitesse. Ce qui n'aidait pas ma cause, c'est que Magdelaine s'était mise à faire des tourtières, des gâteaux en quantité phénoménale. Attends-tu tout le village pour Noël, Magdelaine ? Non, pas spécialement, mais il peut y avoir de la visite à la dernière minute. La voix de ma mère m'est arrivée en écho, Elles attendent toujours de la visite, disait-elle à propos de ma tante et de ma grand-mère.

Mon frère Norm ne viendra pas, c'est sûr, a dit Magdelaine dans un grand éclat de rire. Il a horreur de Noël. Pendant quinze jours, il se ferme les yeux et se bouche les oreilles. Il ne sort même pas, il a peur d'être obligé de serrer des mains, d'aller à une quelconque fête de famille parce qu'il est seul. Non, sans blague, parfois Simone et Lucie viennent. L'année dernière, Ray les accompagnait, mais cette année, Simone ne sait pas encore s'il viendra. C'est tout, ne t'inquiète pas, le village entier ne se pointera pas ici !

J'ai eu peur un instant qu'elle ait invité mon fils et ma mère en cachette tellement c'était bizarre de la voir préparer des plats sans même savoir si quelqu'un viendrait. Toi, tu es là, a dit Magdelaine, tu es mon invitée spéciale de l'année. Elle s'est remise à ses tourtières en fredonnant *Mon beau sapin*.

Quelques jours après cette conversation avec Magdelaine, le téléphone a sonné (un seul coup, pas comme ce matin). C'est pour toi, Angèle. Le cœur m'a fait trois tours, j'ai cru qu'il était arrivé quelque chose de grave à Alex, ou à ma mère. C'est idiot, mais j'ai été soulagée quand j'ai entendu Simone dire en riant, Fais-tu quelque chose de spécial à Noël ? Je ne sais pas, il faut demander à Magdelaine. Non, Angèle, c'est à toi que je pose la question. As-tu le goût de fêter Noël avec nous ? Ray s'est annoncé, il n'avait pas donné de nouvelles depuis longtemps, mais il veut voir le petit tout à coup. J'ai appelé Lucie, elle viendra, elle passera vous prendre à Rapide-Danseur, Magdelaine et toi. J'ai dit oui, comme ça, sans y penser, mais après avoir raccroché, je me suis mise à trembler comme une feuille. J'ai regardé Magdelaine, elle avait un grand sourire. Alors, tu es d'accord ? Je suis contente, c'est tout ce qu'elle a dit.

J'ai attrapé ma parka et je suis sortie, le cœur gros. J'ai marché dans l'entrée en direction du rang. J'aurais voulu partir à l'étranger, très loin, être seule dans un autre monde, au Mexique par exemple où il n'y a ni neige ni sapins ni tourtières. Je me sentais prisonnière dans ce vaste espace blanc. Fuir, fuir, fuir. Mais déjà ce voyage de Montréal à Val-Paradis, puis à Rapide-Danseur m'avait épuisée. Comment reprendre la route au moment où, dans un recoin de mon cerveau embrouillé, la lumière commençait à percer ?

J'ai marché, marché, jusqu'au pont près de l'église. Mes bottes s'enfonçaient dans les bancs de neige que la rafale sculptait à mesure que j'avançais. Ces remous dans la rivière me fascinaient, cette eau qui cascade et qui mousse. La neige anéantie quand elle y tombe. Magdelaine m'avait raconté qu'autrefois, dans les premiers temps de la colonie, les voyageurs sortaient de leur canot et venaient se dégourdir les jambes près des rapides avant de continuer sur la rivière Duparquet vers le lac Abitibi, vers le Nord, vers la baie James, vers le froid, la neige, la glace. Des rapides pour les danseurs, avait dit Magdelaine. Puis j'ai rebroussé chemin. Environ une heure plus tard, j'étais de retour dans l'odeur de cannelle, de clou de girofle. Angèle, si tu ne veux pas aller chez Simone à Noël, ce n'est pas grave, je vais rester ici avec toi. J'ai fermé la porte doucement. Non, Magdelaine, je vais y aller, ça va. Elle m'a prise dans ses bras, Merci, merci. Ça m'a fait tout drôle. Puis elle est retournée à son ragoût de boulettes qui mitonnait.

Nous n'avons plus parlé de Noël jusqu'à ce que, vers le 22 décembre, Magdelaine m'annonce un changement de programme : au lieu que ce soit nous qui allions à Val-Paradis, ce serait Lucie, Simone, Ray et le bébé qui viendraient à Rapide-Danseur. Plus pratique pour tout le monde, a dit Magdelaine, c'est plus grand chez moi, et pour Lucie, c'est plus près. Et puis, comme c'est moi le traiteur, nous aurons moins de choses à transporter.

Comment tout cela s'était-il trafiqué dans mon dos ? Je me suis sentie piégée parce que, la fête ayant lieu chez Magdelaine, je n'aurais aucune chance de m'en sauver. Un peu comme l'oncle Norm, j'aurais souhaité que Noël passe tout droit, à cause de ma mère et d'Alex qui me revenaient sans cesse à l'esprit. Ma mère avait l'habitude de nous kidnapper ce jour-là, nous inondant de cadeaux chers et inutiles, essayant de rattraper ses bévues, ses reproches, se faisant mielleuse, nous interdisant de nous absenter de ses repas planifiés au quart de tour et dont le menu ne variait guère d'une année à l'autre. Cette année-là, j'aurais voulu effacer le 25 sur le calendrier Provigo surplombant la sécheuse, avec sa recette de « bûche décadente » qui ne me disait pas grand-chose.

J'aurais aimé passer ce premier Noël de liberté toute seule, bien calée dans un fauteuil à lire le roman tout jauni que je venais de trouver dans la bibliothèque de Magdelaine, *Surfacing* de Margaret Atwood. Sur la quatrième de couverture, il y avait un commentaire du *Toronto Star* : « Une expression éloquente et passionnée d'une certaine folie qui montre le chemin de la guérison par l'introspection. » Magdelaine m'avait dit que ça se passait près d'ici, au Témiscamingue, près de Laniel. J'ai commencé à le lire parce qu'en le feuilletant j'étais tombée sur une phrase à la fin qui m'avait plu : « Je suis la seule survivante de l'île. » Je voulais survivre, moi aussi, sur cette île de solitude, survivre à Noël, survivre à mon inadéquation à la vie. Mais au fond de moi, une petite voix me disait de partir derrière la maison, de parcourir ce sentier de ski de fond bordé d'une arche d'épinettes croulant sous la neige qui me mènerait tout droit au bout de la terre, là où la lumière aveugle tout.

CHAPITRE 19

Pourquoi penser à Noël ce matin alors que ma mère vient de mourir, que Ray a claqué la porte ? J'ai peur qu'il ne revienne plus. À part toi, Magdelaine, Ray est le seul être que j'aie aimé, qui m'ait aimée. Je voudrais qu'il rentre tout de suite, haletant, qu'il me dise ce que je veux entendre. Ray, c'est mon père Noël, parce que c'est à Noël que je l'ai rencontré pour la première fois. Je devrais courir derrière lui, mais je ne bouge pas, assise à table devant une tasse vide, un goût aigre-doux de framboises dans la bouche. Je reste ici dans ta cuisine, comme dans ton ventre, Magdelaine, là où il fait chaud, là où ça sent bon, là où j'ai pu dompter mes envies d'en finir. Aucun bruit, sauf celui du frigo, du poêle à bois qui se meurt. Même le téléphone s'est calmé. Ernest s'est résigné. Miguel aussi. Silence de mort avant la mort.

Les premiers jours après mon arrivée chez toi, Magdelaine, tout m'effrayait, moi qui, à Montréal, n'avais connu que le bruit des autos dans la rue passante, les klaxons, les sirènes d'ambulances, de camions de pompiers, d'autos de police. Le rien me terrorisait. Je m'étonnais chaque fois de voir par la fenêtre une ligne noire d'épinettes se déployer au loin à la place d'un mur de briques sans ciel. Les mouches me fascinaient, les mouches toutes grasses qui me tenaient compagnie au petit déjeuner, indolentes, sur la nappe cirée. Je les écrasais sans pitié et je comptais les cadavres. Je les ramassais en petits tas pour les balancer dans la poubelle, et ça me soulageait. Je ne sais pas pourquoi, mais c'est là que j'ai décidé de me ressaisir. Une corde nouée très solidement autour de mon cou relâchait son étreinte à mesure que les mouches atterrissaient dans les pelures d'orange.

Lors de ce premier Noël hors de chez ma mère, je n'ai pas beaucoup pensé à Alex. C'est plutôt Anita, ma sainte mère, qui m'obsédait. Elle avait sans doute invité Miguel, le père d'Alex, mon frère Ernest et Antoine, son autre petit-fils. Pour une fois, j'échapperais Dieu merci à cette fête où ma mère trônait comme une reine. Cette année, j'allais sûrement être un bon sujet de conversation pour eux. Parleraient-ils de moi, au fait ? C'est plutôt moi qui pensais à eux, davantage sans doute que lorsque j'étais parmi eux. Je les avais fuis et voilà qu'ils me rattrapaient dans ta maison isolée du reste du monde.

Tu empilais les gâteaux, Magdelaine, les biscuits, les ragoûts, les pâtés. Ils vont bien rester ici trois ou quatre jours, nous serons six à table, disais-tu. Tu n'exigeais rien de moi, mais j'aurais aimé t'aider à faire les courses, à emballer les cadeaux, à préparer les chambres. Parfois tu étais fatiguée et tu allais t'asseoir cinq minutes au piano, jouer tes pièces préférées. Ça me repose, disais-tu. Voulais-tu que je te donne un coup de main, te retenais-tu pour ne pas m'importuner? J'aurais voulu m'ébrouer, aller vers toi, mais une carapace dure et lourde m'empêchait de le faire. On était dans une lutte de silence. J'appréciais ta retenue, ta patience, mais je ne te le disais pas. Ma voix paralysée, comme mon corps aujourd'hui.

La veille de Noël, tu t'es plantée devant moi, une hache au bout du bras. En te voyant, j'ai eu très peur, non pas que tu me tues, mais que tu me proposes d'aller étêter quelque animal dans la forêt derrière la maison. Ton sourire malicieux m'a vite rassurée, Là, tu vas m'aider, Angèle, tu vas venir avec moi chercher un sauvageon. Comme j'hésitais, tu as insisté. Allez, viens, j'ai besoin de toi, arrête de tourner en rond dans ta tête. Je vais te montrer comment abattre un arbre. Ah! Magdelaine, je n'ai pas tellement envie de devenir bûcheronne.

Rien à faire, tu as jeté ma parka sur mes épaules, et j'ai dû chausser les skis de Nicole. Tu portais tes raquettes sur ton dos, un traîneau derrière toi. Il te fallait des raquettes en plus des skis pour trouver les plus beaux sauvageons, qui sont en dehors des pistes battues. Après quelques minutes sous un ciel tonique, tu t'es enfoncée dans un enchevêtrement de sapins. J'en ai marqué un d'un grand X rouge l'été dernier, par là, m'as-tu crié, attends-moi, je t'appelle dès que je le retrouve. À peine cinq minutes plus tard, tu es revenue, triomphante. Viens avec moi, on va le couper. Attends, je te passe mes raquettes. Mais toi, Magdelaine, que vas-tu faire, sans tes raquettes? C'est tout près, tu pas-seras devant moi pour taper la neige davantage. J'ai l'habitude.

Mais moi, Magdelaine, je n'avais pas l'habitude, et tout a dérapé en une seconde. J'avais mal fixé les raquettes, mon pied s'est enfoncé dans la neige et j'ai entendu craquer ma cheville. Reste là, je reviens, as-tu dit. Et tu es partie en direction du sapin, ignorant mes plaintes. Je n'arrivais pas à me relever, les coups de hache résonnaient en écho, tu ne pouvais pas m'en-tendre. Tu es revenue quelques minutes plus tard, traî-nant le sapin. Pas grave, je vais t'aider, m'as-tu dit en essayant de me remettre sur pieds. En vain, je n'arrivais pas à faire un pas sans crier. Tu as voulu te faire rassu-rante, tu pensais que je m'étais déchiré des ligaments, que ce serait un peu long à soigner, c'est tout. C'était si douloureux que j'étais sûre de m'être cassé quelque chose. Tu as dit, Ah non, faut pas, comme ça, juste avant Noël. Je me suis mise à hurler, Je m'en balance, de ton Noël, j'ai mal à la cheville.

Tu t'es arrêtée net. Tu m'as grondée comme une enfant, Écoute, Angèle, grouille-toi, t'es instruite, tu ne fais rien de tes dix doigts depuis que tu es née. Ce n'est pas la fin du monde, faire un enfant, donner un enfant, bon Dieu du ciel de misère. Tu vas m'arrêter ça tout de suite, tu vas m'attendre ici! On va te sortir de là, il se peut que Lucie soit déjà arrivée, on s'était dit que je l'attendrais pour décorer le sapin. Ne bouge pas, Angèle, ça ne te fera pas mal. Ne bouge pas.

Tu as mis le sapin sur le traîneau, tu m'as laissée en

147

plan, tu es partie chercher du secours. J'étais seule, incapable de bouger, c'était au beau milieu de l'après-midi, mais le soir commençait à tomber déjà. Tout s'était passé tellement vite que je n'avais pas pu réagir. J'ai pensé que je mourrais là sur ce lit de neige douillet, que mon corps s'engourdirait doucement, que le sommeil viendrait me délivrer de tout. Qu'est-ce que je suis venue faire dans cette galère de ski de fond de sapin d'hostie de…? Les jurons coulaient comme si j'avais vomi après un repas bien gras et bien arrosé. Au bout de je ne sais combien de minutes, qui m'ont paru une heure, j'ai réussi à retrouver mon calme, et c'est alors que tu t'es pointée avec un grand traîneau, suivie de Lucie et d'un homme costaud que j'ai pris pour un ambulancier.

C'est Ray, a dit Lucie, il va t'aider, il a l'habitude. J'ai tenté de me relever, mais je n'arrivais pas à bouger tant la cheville m'élançait. Ray m'a dit d'une voix ferme de ne pas bouger, qu'il enlèverait ma chaussure. Il s'est agenouillé et a délacé doucement la botte. Je n'ai rien senti, il me regardait avec ses petits yeux tout plissés, attentif comme un chasseur guettant une perdrix. Oh, c'est déjà enflé, mais je ne pense pas que tu te sois cassé quelque chose, ça m'a plutôt l'air de ligaments déchirés. On va te ramener à la maison sur le traîneau et on décidera de ce qu'on fait. T'inquiète pas, on va s'occuper de toi.

Sa façon de parler, douce et assurée à la fois, me faisait l'effet d'un puissant anesthésiant. La tête et le cœur me tournaient en même temps, je ne savais plus si j'avais mal. Ray, à l'aide de Lucie, m'a fait pivoter dans le traîneau, et le cortège est parti vers la maison à la nuit déjà tombée. Je n'entendais que les pas et le traîneau crisser dans la neige. Pas un mot, même toi, Magdelaine, tu te taisais.

Pour entrer dans ta maison, Ray et Lucie m'ont servi de béquilles. J'ai tout de suite aperçu le petit Philémon, qui avait beaucoup grossi en quelques semaines seulement. Simone le tenait dans ses bras et s'est avancée vers moi. Que t'est-il arrivé? Je n'ai pas eu le temps de lui répondre, Ray a aussitôt dit, Vaut mieux vérifier ça, je vais emmener Angèle à Amos ce soir. Ils vont lui faire une radio et voir si elle a quelque chose de cassé. Pourquoi tu ne vas pas plus près, à La Sarre? a demandé Simone, on est la veille de Noël, tu ne trouveras aucun médecin à l'hôpital d'Amos. Tu sais bien, lui a-t-il répondu, qu'à La Sarre ils ne feront rien du tout, parce que tous les orthopédistes de la région pratiquent à Amos. Même pour te faire plâtrer le petit doigt, que tu sois à Ville-Marie ou à Rouyn-Noranda, ils t'envoient à Amos. Ray allait continuer son analyse du système de santé en région éloignée, mais Lucie lui a coupé la parole pour lui proposer de nous accompagner. Ce sera plus pratique si on est trois. Non, laisse, a rétorqué Ray, pas la peine, je peux me débrouiller, j'ai l'habitude des urgences dans les bois, j'ai même suivi une petite formation en secourisme. Je sais quoi faire.

Et c'est à cause de cette cheville blessée, sans crier gare, que ma vie s'est figée dans le vide sans que je m'en rende compte vraiment. Pourtant, ce voyage de Rapide-

Danseur à Amos semblait tout à fait professionnel et ordinaire.

Ray ne connaissait pas bien la route, il évaluait les distances à voix haute, se demandant s'il passerait par Rouyn ou par Taschereau. C'est plus facile par Rouyn, mais c'est trop long, allons-y par Taschereau même si c'est plus tortueux comme route. Il lui faudrait cependant toute son attention pour ne pas se tromper. Moi, je voulais soulager ma cheville, peu importe par quel chemin, mais je n'ai rien dit.

Sur la chaussée à peine déblayée, Ray conduisait sa Cherokee comme si on était en plein mois de juillet, de façon tout à fait décontractée. Magdelaine, tu avais insisté pour qu'il m'installe sur la banquette arrière, pour que je puisse allonger mes jambes. Tu m'avais enveloppé le pied droit dans une bande élastique tout en me faisant avaler deux aspirines, Tu vas être bonne pour le voyage, m'avais-tu dit, vous en avez pour une heure ou deux.

Ray se taisait, s'appliquant sans doute à virer dans les bonnes directions avant d'atteindre Taschereau. Le pied m'élançait, les aspirines n'agissaient pas et j'avais l'impression, Magdelaine, que ton pansement me faisait plus de mal que de bien. Je n'osais pas trop me plaindre. Deux étrangers dans la nuit de Noël sur une route déserte, rien pour engendrer de grandes discussions. En approchant d'Amos, Ray m'a demandé comment je me sentais. Mal, j'ai très mal, ai-je fini par lui avouer. Pour toute réponse, Ray a commencé à me parler d'une chasse au caribou à laquelle il avait participé. J'avais sans doute mal compris, je lui ai demandé de répéter. Après un long silence, il s'est mis à rire. C'est une blague, Angèle, je n'ai pas envie de te parler de chasse, je voulais juste faire une diversion pour que tu oublies la douleur, c'est tout. C'est un truc de secouriste. Et puis je sais bien que tu n'es jamais allée chasser. Tu viens de Montréal, tu es partie sans laisser d'adresse, Simone m'a tout raconté ça cet après-midi.

Oui, je viens de loin, c'est vrai. J'allais dire autre chose, mais il m'a tout de suite interrompue. J'aime ton nom, Angèle. Ton nom comme un ange. Ouf, je suis loin d'être un ange, tu sais, Ray, et je déteste mon nom. Profites-en pour changer de nom, tu es libre de le faire. Oui, ai-je répondu, déjà que j'ai changé de ville, de famille, de peau.

Le silence est revenu, très lourd dans l'habitacle. Ray a mis un CD dans le lecteur. Quand *Pretty Woman* a commencé à jouer, j'ai été prise de panique en repensant à Charly, me disant que je ne pourrais pas me sauver cette fois, que j'étais vraiment captive dans la Cherokee. Ray a peut-être lu dans mes pensées, il a éteint son lecteur. Ce n'est pas vraiment de circonstance, c'est ce qu'il a dit, et le ronron du moteur a pris toute la place. T'en fais pas, Angèle, on va y arriver. Entendre mon nom a fait resurgir la douleur d'un seul coup. En plus d'avoir mal partout, j'avais mal à mon nom, la seule chose que je n'avais pas larguée par-dessus bord. Le reste, mon fils, ma mère, mon frère, mon neveu, ma famille au grand complet, je les avais éjectés. Comme une femme sur le point d'accoucher a besoin d'expulser son bébé. Comme une écharde doit être arrachée. Comme je voulais qu'on me scie le pied sur-le-champ. Puis j'ai vu un grand panneau éclairé : Amos.

Ray savait où se situait le centre hospitalier. En un rien de temps, il s'est engagé sur la passerelle, est sorti du véhicule, est allé chercher un fauteuil roulant pour m'amener dans la salle d'attente, où il m'a laissée seule. Je reviens, c'est tout ce qu'il a dit. C'était au début de la soirée, et je n'arrivais plus à contenir mes larmes. Il fallait prendre un numéro, mais je n'avais pas la force de me diriger vers le distributeur. Ray est revenu quelques instants plus tard, m'a demandé ma carte d'assurance-maladie et s'est dirigé vers la réception, tout près. Il faut que madame signe elle-même le formulaire, a dit la préposée. Puis, en me jetant un œil : L'orthopédiste n'est pas ici, mais le médecin de garde va vous examiner, ce ne sera pas trop long.

C'est là que j'ai vraiment vu Ray pour la première fois, dans la lumière blafarde de l'hôpital. Son regard voulait s'emparer de ma douleur, et mon cœur a flanché. Tu fais dur, c'est ce qu'il a dit dans son petit sourire malicieux, et j'ai décodé, Je pourrais tomber en amour avec toi dans d'autres circonstances. Oui, c'est vrai, ai-je répondu. Je suis découragée de moi. Je ne sais pas pourquoi, je voudrais tant être comme tout le monde. Tu ne peux pas être comme tout le monde, Angèle, tu es toi. Je n'aime pas beaucoup mon moi, comme tu dis, Ray. D'ailleurs, on m'a toujours jugée inadaptée. Il y a eu un silence, et il y en a eu souvent avec Ray par la suite. J'ai pensé, Je boite, je suis inadéquate, une coche à côté, une grosse coche de travers. Il a dit, Mais moi, ça ne me concerne pas, je n'aime pas trop connaître le passé des gens. Si je veux savoir qui tu es, je le saurai en te parlant, en t'observant. Je me fous du jugement des autres, c'est toujours biaisé. Ça m'arrive de me tromper et de me dire après coup que j'aurais dû me fier à tel ou tel racontar au sujet de telle ou telle personne. Mais c'est très rare. Non, j'ai surtout eu d'agréables surprises, je me suis souvent lié d'amitié avec des gens que personne n'aimait, que tout le monde considérait comme des pourris, des *rejects*. Et le contraire est arrivé aussi, il y a des gens que tout le monde aime mais qui me tapent sur les nerfs. Les petits parfaits, je ne peux pas endurer ça. J'aime que les gens aient des défauts, la pureté m'a toujours inquiété. Même avant ma naissance, j'étais un *reject*, à cause de mes parents cris. Mon père en plus était alcoolique. Deux tares, cri et alcoolique. On m'a jugé parce que je ne m'occupais pas assez de Brian, Simone et Lucie me reprochent d'avoir abandonné Philémon. Même si ça ne paraît pas trop, elles sont fâchées contre moi. Simone ne veut pas comprendre que je ne peux pas vivre avec elle, elle me retient, voudrait me forcer à l'aimer. Si ce n'était de Philémon, je ne la reverrais plus. Mais je tiens à voir mon fils, qu'il sache que je suis son père. La seule qui m'accepte vraiment, c'est Magdelaine, ta tante. Elle, je l'aime, elle ne juge personne. Sa famille l'a désavouée, l'a mise à l'écart, elle en a souffert. Quand je suis chez elle, je me sens chez moi parce qu'elle me donne de l'air.

J'étais un peu étonnée d'entendre ces confidences,

mais en même temps, il me parlait d'une façon si naturelle que j'avais l'impression de le connaître depuis toujours. Il était à la fois loin et proche. Il a enlevé sa tuque de laine rouge, dégageant ses cheveux d'un noir absolu, coupés court sur les côtés mais attachés en une longue tresse dans le dos. De face, on aurait dit un homme d'affaires ; de dos, c'était un autre homme, plus fantaisiste, plus attirant, plus touchant. Je n'ai pas pu m'empêcher de crier, Ayoye, ça élance ! Aussitôt, il a mis doucement sa main sur mon épaule. Mon cœur a fait trois tours, j'ai dû m'évanouir quelques secondes.

Dans la salle d'attente presque déserte, une jeune femme tentait désespérément de calmer un bébé qui hurlait, et une vieille dame se parlait toute seule. Ray regardait devant lui, muet, tandis que j'étais absorbée par ma cheville tordue qui élançait de plus en plus. Ray a dit, Patience, Angèle. Ici, ce sont des pros, c'est le seul et unique centre orthopédique de toute la région de l'Abitibi-Témiscamingue. Vous vous cassez un petit doigt à Ville-Marie et vous devez vous taper 250 kilomètres à vos frais pour qu'on vous mette un mini-plâtre. Aller-retour, et souvent vous devez coucher à l'hôtel. C'est ça, l'accès universel aux soins de santé. Imagine quand tu restes à Chisasibi, à 900 kilomètres d'Amos. Ces paroles roulaient dans ma tête comme une *musak* de mise en attente, une diversion qui me projetait hors du temps et qui m'empêchait de hurler comme le bébé de la dame d'à côté.

Finalement, un médecin m'a envoyée à l'« imagerie médicale », comme on écrit maintenant sur la porte de la salle de radiographie. Nous avons attendu encore longtemps. En arrivant enfin, l'orthopédiste a dit, On m'a fait venir spécialement pour vous. Il a examiné ma cheville, l'air de rien, en haussant les épaules. Une simple fêlure, c'est bien ce que je pensais, on aurait pu attendre à demain. Mais tant qu'à y être on va vous faire un plâtre, vous le voulez de quelle couleur ? Revenez dans six semaines. Bing bang, c'était réglé, et je suis sortie de la salle avec des béquilles, la cheville emballée dans un magnifique plâtre rouge. C'est Ray qui a insisté pour le rouge, la couleur de Noël. Une infirmière m'a fait prendre des antidouleurs, puis Ray m'a réinstallée sur la banquette arrière, Tu peux dormir, ne t'inquiète pas. Nous sommes retournés dans la nuit la plus froide de l'année vers Rapide-Danseur.

CHAPITRE 20

Je vois Ray qui émerge de la lisière d'épinettes au fond du champ derrière. Ray, mon seul amour, Ray. Il m'a aimée, je l'ai aimé comme j'ai pu. J'étais bien avec lui, là-bas, à Chisasibi, je n'avais plus besoin de penser, de m'en faire, ma tête avait arrêté de tourner, tourner, tourner. Je veux mourir, comme ma mère, ma mère morte, sinon je ne pourrai jamais me débarrasser d'elle. Vivante, elle m'était devenue absente, j'avais réussi à l'extraire de mon cœur, de mon cerveau, j'étais tranquille. Même chose pour mon fils. Et voilà qu'ils reviennent comme des fantômes, des vampires, des typhons, m'encercler, me ravir mon amoureux. Pourquoi es-tu morte, maman? Tu continues de m'anéantir. Suis-je un monstre?

Allons, ressaisis-toi, Angèle, tu n'es pas morte, tu es bien vivante dans ta cuisine de Rapide-Danseur, c'est ce que je me dis tout haut, pour me rassurer. Mais on dirait que ce n'est pas moi qui parle. C'est peut-être Magdelaine qui est revenue, ou une autre Angèle, je n'arrive pas à reconnaître cette femme voilée en face de moi qui me dit, Ne t'en fais pas, Ray va revenir, il est au bout du champ là-bas, il va te prendre dans ses bras.

Rappelle-toi ton retour de l'hôpital, aux petites heures du matin. Ta cheville s'était calmée, mais quand Simone est apparue dans la cuisine avec son bébé, tu as vu un nuage passer dans ses yeux. Tu t'es demandé pourquoi elle semblait si contrariée alors que Ray l'avait pourtant déjà quittée. Tu ne comprenais pas, mais elle avait sans doute perçu avant tout le monde que Ray allait lui échapper pour de bon. Tu ne te rendais pas compte que ta vie avait pris un tournant. Tu ne savais pas encore que toi, la petite Angèle de Montréal, tu commencerais bientôt à mieux respirer et que Ray Rupert mettrait un pansement sur ta chienne de vie. Se pourrait-il que Ray soit intéressé par une *reject* comme toi? C'est le flash que tu as eu, mais tu l'as chassé aussitôt en buvant le chocolat chaud que Lucie t'avais mis sous le nez en chantant, C'est Noël, c'est Noël, on va fêter tous ensemble, c'est Noël. Quand tu es descendue dans la cuisine tard le lendemain matin, Simone était déjà repartie avec Philémon. Tu n'as plus jamais entendu parler d'elle, sauf par Lucie, plus tard, quand elle t'a dit que Simone considérait que tu lui avais « volé » son ex-amoureux.

Tu as eu du mal à croire que tu étais une sorte de catalyseur, tu penses encore parfois que c'était une mise en scène, que tout allait se terminer avec un rideau qui tomberait comme au théâtre. Comme ce matin, tu penses que ta mère n'est pas morte, qu'elle n'existe tout simplement plus, qu'elle n'a jamais existé. Comme la neige qui fond dès qu'elle touche ton visage, dès qu'elle s'abîme sur les rapides de la rivière Duparquet.

Cette femme en face de moi, implacable, la figure effacée sous la gaze légère, continue sur un ton lénifiant, Tu avais bien vu à travers la fenêtre givrée que Simone avait de la peine. Mais tu ne savais pas exactement pourquoi, parce que Ray ne disait rien, agissait comme si rien ne s'était passé. Tu ne sais pas pourquoi il est parti, quelques heures plus tard. Comme ce matin. Ray a disparu dans la forêt derrière après que tu lui as dit que ta mère était morte. Tu ne sais pas ce qu'il pense. Et toi, devant ce silence, tu te sens prise dans un engrenage, tu te catalogues une fois de plus parmi les sans-cœur de la planète. Pourtant tu n'as rien fait, c'est ta mère qui est morte. Et cette fois-là non plus, tu n'avais rien fait, tu t'étais simplement fêlé la cheville.

Après le départ de Ray, tu t'es sentie de trop dans la cuisine et tu as décidé de t'isoler au salon, où on avait mis des draps sur le canapé près de l'arbre de Noël pour que tu puisses y dormir les nuits suivantes. Tu n'aurais pas à remonter les escaliers, ce serait mieux ainsi, avec ta cheville fêlée. Lucie, ta seule amie, celle qui ne t'a pas abandonnée, est venue t'embrasser avant de partir à son tour en te disant, Ne t'en fais pas.

Rappelle-toi ce matin de Noël, juste avant son départ, Lucie s'est assise près de toi. Elle a dit, C'est un bien drôle de Noël, non? Tu as répondu, hagarde, que tu étais désolée. Et toutes les deux vous avez contemplé le piano muet et l'arbre de Noël qui avait l'air d'être le seul vivant avec ses petites lumières clignotantes rouges et blanches. Tu trouvais l'arbre joli, mais tu as pensé qu'il n'avait peut-être pas aimé qu'on le coupe, qu'il s'était vengé.

Pendant que tu te concentrais sur les boules rouges et blanches, Lucie t'a raconté qu'à Noël le père de Magdelaine, ton grand-père, allait dans le bois, derrière la maison de Val-Paradis, et ramenait un sapin qu'il décorait lui-même. Ton grand-père en remettait au sujet du père Noël, et Magdelaine y a cru, dur comme fer, jusqu'à l'âge de huit ans, disait Lucie d'une voix chaude. Chaque année, c'est plus fort qu'elle, Magdelaine tient à reconstituer ces Noëls pleins de rêve et de chaleur, de bouffe incroyable et généreuse.

Et toi, Angèle, tu lui as coupé la parole, c'était plus fort que toi, tu as dit, Mais tout ne tient pas dans un arbre de Noël. Il faut du monde pour célébrer. Lucie a répondu, Oui, tu as raison, depuis que Nicole est morte, Magdelaine n'a personne avec qui fêter. Et cette année, tu lui es arrivée comme un cadeau, et elle se faisait une grande joie de pouvoir fêter avec Simone, Ray, Philémon, toi et moi. Un vrai Noël, quoi! Mais bon, l'important, c'est que tu ne te sois pas fait trop mal.

Lucie est partie dans le grand froid et vous êtes restées seules toutes les deux, Magdelaine et toi. Ta tante s'est calée dans son fauteuil en face de toi. Tout le monde est parti, a-t-elle soupiré. Tu ne savais pas quoi dire. Comme ça, sans y penser, tu as lancé, Tu voudrais qu'on parle de Nicole, ton amoureuse? Elle a répondu, Non, Angèle, j'essaie de ne pas trop penser à elle, elle me manque tellement, parfois j'ai le goût de mourir, je me dis que jamais plus je ne pourrai vivre un amour pareil.

Tu as dit, Tu l'aimais donc beaucoup? Magdelaine s'est alors levée et elle a chuchoté, Terriblement, terriblement, en allant arroser sa grosse dinde et faire réchauffer une tourtière. Mais on ne va pas se laisser abattre. On est là toutes les deux et, même avec ton pied sans connaissance, on va pouvoir fêter. Veux-tu un verre de mousseux? Il est encore de bonne heure, on en a pour se rendre pompettes toutes les deux. Ça va nous faire du bien, tu vas voir.

Et c'est ainsi que, le soir venu, tu as eu droit à un festin de reine. Magdelaine s'est délié la langue, les bulles aidant, et elle a raconté, la bouche molle, qu'elle et Nicole fêtaient fort, dansaient, baisaient, s'aimaient comme des folles. Je te jure, a-t-elle dit, que personne ne venait nous achaler dans notre rang à Rapide-Danseur. Elle adorait que je lui joue du piano, elle dansait merveilleusement bien.

Et puis moi, je te dis que si Ray te trouve de son goût, vas-y, profites-en, baise-le à l'os, c'est bon, la baise, c'est la meilleure chose du monde. Fais attention pour ne pas tomber enceinte, par contre. Ça, Ray n'aimerait pas du tout. Tu as répondu, Wow! Magdelaine, il ne s'est rien passé. Elle a enchaîné, Pas encore, Angèle, pas encore, mais ça se voit à l'œil nu que ce gars-là te désire, que tu es entrée dans son ADN. Tu as dit, Comment peux-tu en être si sûre alors que moi…? Magdelaine a rétorqué, Ne viens pas me dire que tu n'es pas tombée amoureuse de ce gars-là. À moi tu peux tout dire, tout dire. Non, Magdelaine, je ne peux rien dire du tout et je vais me coucher.

Une fois enfoncée dans le canapé, tu t'es revue quelques semaines plus tôt, pendant ta première nuit à Val-Paradis, couchée sur le divan près du sapin miniature artificiel dans le salon de Simone. Tu es destinée au canapé près du sapin, qu'il soit artificiel ou non. À moitié soûle, tu as entendu Magdelaine fredonner *Mon beau sapin* en ramassant la vaisselle, et c'est sur « tes verts sommets et leur fidèle ombrage » qu'elle est venue te donner un coup de main, te border. Tu t'es endormie, épuisée, bousculée par ces retrouvailles avortées avec Lucie et Simone, par ta randonnée avec Ray, par ses yeux d'ébène, par les pleurs de Philémon, par les aveux de Magdelaine, par la tourtière et la dinde, par ta cheville enrobée de plâtre rouge.

Et ce qui devait arriver est arrivé. Six semaines plus tard, sans prévenir, Ray Rupert s'est pointé à Rapide-Danseur, les bras chargés. C'est du gibier, des outardes, du caribou, et je viens pour t'emmener à ton rendez-vous, c'est ce qu'il t'a dit. Tu es restée paralysée dans l'embrasure de la porte. Magdelaine est allée au-devant de lui. Ce n'était pas la peine de te déranger, a-t-elle dit, je pouvais l'emmener à Amos, comment sais-tu que son rendez-vous est demain ? L'hôpital a appelé ici il y a seulement quelques jours. Un plâtre, c'est six semaines, je le sais, a dit Ray. Peux-tu m'aider à mettre ça dans ton frigidaire ?

Au fond, tu avais peur de Ray, mais sa liberté t'attirait. Ray, c'était comme un survenant puissant qui arrivait de nulle part et qui pouvait repartir d'une minute à l'autre, parce qu'il n'appartenait à personne.

À l'image de la vie, cet homme ne laisse aucune trace tangible, il peut vivre de rien ou presque, il ne détruit rien et, s'il change quelque chose, tout revient au neutre après son départ.

Ray n'était pas tout à fait à l'aise, mais Magdelaine, avec sa bonne humeur, l'a invité à préparer le repas avec elle. Il lui a annoncé qu'il avait tout cuisiné à l'avance, un ragoût de lièvre qu'il avait mis sur le comptoir à décongeler. Je vais y plonger des *boodnish,* a-t-il expliqué. Vous autres, vous appelez ça des grands-pères, mais les *boodnish,* c'est encore meilleur. Et il s'est assis près de toi, a demandé à Magdelaine si tu allais bien, elle a répondu oui. Et il a continué à parler doucement avec elle, sans tenir compte de toi, comme s'il poursuivait une conversation amorcée depuis des jours. Il était de plus en plus à l'aise, tu n'en revenais pas, mais ensuite tu as pensé qu'il était souvent venu chez Magdelaine avec Simone et Lucie, qu'il avait dû leur préparer des repas comme il s'apprêtait à le faire. Demain matin, on ira à ton rendez-vous à Amos. Veux-tu venir avec nous, Magdelaine ? Peut-être qu'Angel (ton nom prononcé à l'anglaise faisait bizarre) aimerait avoir de la compagnie. Tu veux dire un chaperon, Ray ? a dit Magdelaine en riant. Non, Magdelaine, non, pas besoin de chaperon, *I can behave.*

Ray parlait de toi à la troisième personne, ce qui t'agaçait, et tu as osé lui poser les questions qui te chicotaient, Pourquoi tu fais ça, Ray ? Pourquoi viens-tu ici ? Depuis Noël, Simone ne m'a pas fait signe, seulement Lucie. Qu'est-ce qui se passe ? Ray allait dire quelque chose, mais Magdelaine lui a coupé la parole. Bon, je vous laisse, j'ai besoin d'aller faire un tour dehors, j'ai vraiment besoin d'air, les enfants. En disant cela, elle s'est dirigée vers la véranda, a mis sa parka, a chaussé ses bottes de ski, et elle est sortie dans le froid, vous laissant seuls avec vos silences, Ray et toi.

Ray s'est installé dans la berceuse près de la fenêtre qui donne sur le champ derrière la maison. Magdelaine filait sur ses skis, flèche rouge tendue vers la forêt. *Gee,* a dit Ray, elle est en forme pour son âge. Elle y va tous les jours, beau temps mauvais temps, c'est tout ce que tu as trouvé à lui répondre.

CHAPITRE 21

Angèle, Angèle, à qui tu parles ? Ray est entré sans que je m'en rende compte pendant que cette femme voilée assise en face de moi me racontait ma vie. Soudain, elle me hurle de me taire. Cesse de crier, dit aussi Ray. L'autre femme me regarde en plein dans les yeux, crie, Sauve-toi, sauve-toi. J'essaie de me lever, mais je ne peux pas bouger. Je veux partir, aller jusqu'au pont, voir les remous de la rivière Duparquet tout en bas, me dissoudre dans leur écume folle. Ray ne dit rien, ne bouge pas. Puis il se place derrière moi, met sa main sur mon épaule, se penche, m'entoure de ses bras et me serre très fort. Il n'y a que toi, Angel. Tu es seule ici avec moi, il n'y a personne d'autre. Ne t'en fais pas, on va s'arranger, tu vas voir. On s'est toujours arrangés.

Je ne veux pas aller à Montréal, Ray, je ne peux pas. C'est tout ce que j'ai la force de lui dire. Mais personne ne t'oblige à aller à Montréal, Angel. Personne d'autre que toi. Si tu veux, nous irons à Chisasibi passer quelque temps. Cette maison, ta tante, tout cela te retient, tu t'enlises dans ton passé. Ta roche de passé. Viens avec moi, tu seras bien là-bas, tu guériras, tu penseras à ce que tu veux faire. On ne peut pas toujours se promener comme des yoyos entre le Nord et le Sud, ça fait tourner la tête.

J'ai peur, Ray, de ce voyage d'hiver sur la route de la Baie-James, les caribous qui courent sur la route, qui suivent l'auto pendant des kilomètres, tu m'en as déjà parlé. Je suis effrayée.

C'est plus effrayant de rester ici, Angel. Tu es effrayée d'aller à Montréal, effrayée de venir avec moi à Chisasibi. De quoi as-tu si peur? De toi?

Le téléphone se remet à sonner. Je me lève. Ray me dit, Ne réponds pas si tu ne peux pas. J'arrive trop tard, le répondeur s'est enclenché, Allô maman, c'est Alex. Pourquoi tu ne reviens pas?